赤獅子王の運命は純白オメガ

赤獅子王の運命は純白オメガ

「俺のことを愛してくれ」

「あい——？」

　散々、考えて分からなかった感情にエリシャは途方に暮れた声を出した。それにディオンが手を伸ばした。

「——ここを」

　首輪の上から、とんとんと項を叩かれて、その刺激に息が詰まる。

「俺に噛んで欲しいと思う時が来たらそれで良い」

赤獅子王の運命は純白オメガ

貫井ひつじ

23276

角川ルビー文庫

目次

口絵・本文イラスト／北沢きょう

第一章

香《かお》りが、した。

熟《う》れた果物の香り。

仄《ほの》かな酸味を内に秘《ひ》めた、芳醇《ほうじゅん》な甘い匂《にお》い。

微《かす》かなそれに気が付いた途端《とたん》に、体が強《こわ》ばった。

呼吸が上がり、胸の鼓動《こどう》が早くなる。浅い息の下で、理性が微かに囁《ささや》いた。

——これは、きっと。

「陛下?」

玉座の近くに控《ひか》えていた宰相《さいしょう》が訝《いぶか》しげな声で呼ぶのに答える余裕《よゆう》は無い。

開け放たれた扉《とびら》から、しずしずと玉座の前に進み出たのは白に近い銀色の髪《かみ》をしたヒト族の青年だった。

肌《はだ》が白く、目を伏《ふ》せている。

着ている物は質素で、何の飾《かざ》りも付けられていない。本当に王族なのか、と疑いたくなるほどの出《い》で立ちだが——身のこなしには確かに品と礼儀《れいぎ》があった。

そんな観察をしながら、獲物《えもの》を求めて喉《のど》が鳴る。

渇《かわ》きに似た焦燥《しょうそう》と、牙《きば》を立てる機会を窺《うかが》う野性のさがが体の中で渦巻《うずま》くのを感じる。目を伏せたままの相手が、礼儀正しく頭を垂れる。その途端に、さらりと銀髪《ぎんぱつ》が割れて——真っ白な項《うなじ》が目に飛び込んできた。

それを見てしまえば、もう、駄目《だめ》だった。

「陛下!?」

宰相の制止の声が遥か遠くに聞こえる。玉座を蹴倒《けたお》すようにして、頭を垂れた青年の前に駆《か》け下り、無防備に晒《さら》されたままの項に——容赦《ようしゃ》なく牙を立てる。

「あ、ぁ——ッ!?」

悲鳴が上がるのと、舌先に甘みを感じたのは同時だった。宰相が何かを叫《さけ》ぶ声はもはや、耳に入ってこない。鼻先は甘い香りに支配されて、理性が麻痺《まひ》していく。

痛みに驚《おどろ》いたように顔を上げた青年の瞳《ひとみ》は、まるで熟れた果実のように真っ赤だった。

——石榴《ざくろ》の香りだ。

漂《ただよ》う甘い匂いの正体に納得《なっとく》しながら、細い体を引き寄せて唇《くちびる》を貪《むさぼ》る。驚愕《きょうがく》に見開かれた目から、赤い瞳がこぼれて落ちそうだった。

抵抗《ていこう》するように相手の指が腕《うで》を引っかいたが、こちらに傷を付けることもなく——そのまま力を失った腕がぱたりと落ちる。

腕の中の青年が気を失ったのに気付いたのは、その時だった。

謁見《えっけん》の間は静まりかえっている。

人質《ひとじち》とはいえ、賓客《ひんかく》としてやって来た青年に対してあり得ない暴挙だ。

先ほど嚙《か》みついた青年の項には、くっきりとした歯形が残り血が滲《にじ》んでいる。それが可哀想《かわいそう》で滲んだ血を袖口《そでぐち》で拭《ぬぐ》ってやりながら、衝動《しょうどう》を抑えきれなかった己《おのれ》の未熟さに苦い声で告げた。

「――Ωだ」

自分の言葉に、謁見の間に集《つど》っていた者たちからどよめきが起こった。

宰相が上擦《うわず》った声で言う。

「陛下？　何を仰《おっしゃ》って――？」

「この青年は、Ωだ」

それも、恐《おそ》らく自分にとってはあらがえないほど惹《ひ》かれる、この世で唯一《ゆいいつ》無二の――。

脳裏《のうり》をちらつく「運命」という言葉に気づかない振《ふ》りをしながら、腕の中にあるヒト族特有の細い体を抱《だ》く力を無意識に強める。

意識を失った軽い体からは、相変わらず芳醇な石榴の香りがしていた。

＊＊＊＊＊

獅子《しし》族が統《す》べる大陸一の強国、シリオン。

その首都ランヒルの王城の前で、エリシャ・ルクス・フォンティーナは立ち尽《つ》くしていた。

ヒト族特有のつるりとした白い肌と、貧弱とも言われる体軀《たいく》は、獅子族ばかりが行き交《か》う往来の中で明らかに浮《う》いていた。

ヒト族の中でも珍《めずら》しい白銀の髪と真っ赤な瞳という組み合わせも、注目を浴びるのに一役買っていた。

エリシャをここまで乗せてきた馬車は、エリシャが馬車から降りるや否《いな》や走り去ってしまい、影《かげ》も形も見あたらない。

御者《ぎょしゃ》は獅子族ばかりの周囲に怯《おび》えきっていたから、仕方がないのかも知れないが——それにしても、文字通り放り出されることになるとは思わなかった。

溜息《ためいき》を吐《つ》きながら、一つきりの持ち物である麻袋《あさぶくろ》を胸に抱いてエリシャは城に向かって歩き出す。

城の周囲には、ぐるりと壕《ほり》が巡《めぐ》らされていた。頑丈《がんじょう》そうな鎖《くさり》で吊《つる》された跳《は》ね橋が壕の上に掛《か》けられ、そこを役人や商人などが行き来している。エリシャは城門の前で番をする獅子族に声をかけた。

「あの——取り次ぎをお願いしたいのですが」

エリシャからの申し出に、門番の獅子族が怪訝《けげん》な顔をする。ふさふさの栗色《くりいろ》の鬣《たてがみ》が警戒《けいかい》するように逆立つ。

——先の戦争の影響《えいきょう》から、ヒト族への評判が酷《ひど》く下がっているのは承知している。

それもあるからエリシャを送り届ける任を終えると、御者はそのまま逃《に》げ帰ったのだろう。

エリシャを上から下まで検分するような視線を寄越《よこ》してから、門番が低い声で言う。

「誰《だれ》に取り次ぎを？」

「どなたか——城の偉《えら》い方に」

抽象《ちゅうしょう》的な言葉を口にしながら、エリシャは門番の獅子族に唯一の持ち物である麻袋の中身を取り出して渡《わた》す。

それに、さっと目を走らせた門番が驚いたように目を見開いて、エリシャとそれらの品を何度も見比べる。

その様子を眺《なが》めながら、エリシャは言った。

「ニアレイズの先王、ヤンネ・ルクス・フォンティーナの二十一番目の子のエリシャです。先日締結《ていけつ》された条約の通り——参上致《いた》しました。お取り次ぎをよろしくお願い致します」

丁寧《ていねい》に頭を下げるエリシャに、門番が呆気《あっけ》に取られて、それから慌《あわ》てたように踵《きびす》を返した。

門番に手渡したのは、エリシャの名前とニアレイズの紋章《もんしょう》が刻まれた銀杯《ぎんぱい》と、エリシャの出生証明書である。

空になった麻袋を丁寧に畳《たた》みながら、エリシャは一つ息を吐いた。

門番が、上司らしき獅子族を連れて駆けて来るのが見える。

それに向かって、エリシャはまた丁寧に頭を下げた。


この世界には、様々な種族が溢《あふ》れている。

獅子族、猫《ねこ》族、犬族、兎《うさぎ》族、鳥族など。動物を祖として、そこから進化したと思われる種族が多い中で、ヒト族はその祖が判然としない種族だった。

寒さから身を守るための毛皮も無ければ、強い力も無く、鋭《するど》い爪《つめ》も牙も無い。視力や聴力《ちょうりょく》が優《すぐ》れている訳でもない非力な種族――それがエリシャの属するヒト族だった。そのヒト族が統べるニアレイズが、近隣《きんりん》諸国へ侵略《しんりゃく》戦争を仕《し》掛《か》けたのが二年前のことである。

「ヒト族は獣《けもの》の祖から解き放たれて、神に選ばれた優れた種族である。よって、他の種族は全てヒト族の下に付くべきだ」

そんな言葉を掲《かか》げてニアレイズの王自らが先陣《せんじん》に立ち、近隣国へ奇襲《きしゅう》に近い攻撃《こうげき》を仕掛けた。数多くの他種族が奴隷《どれい》として捕《と》らえられ、財産は不当にニアレイズの国庫へ収められ、領地を無理矢理に接収された。そのニアレイズの蛮行《ばんこう》に危機感を覚えたシリオン王国が宣戦布告と共に、軍を差し向けたのが今からちょうど一年前。

圧倒《あっとう》的な獅子族の強さを前に、ヒト族の軍隊は蹴《け》散《ち》らされた。

一気にニアレイズの王都まで攻《せ》め入ったシリオンの軍は、戦争の発端《ほったん》となった王の処刑《しょけい》を要求。その他、奴隷とされている他種族を解放することや、不法に占拠《せんきょ》した領地の返還《へんかん》、賠償金《ばいしょうきん》の支払《しはら》いなどを命じ講和条約を締結した。

その条約の条項の一つとして挙げられていたのが、ニアレイズの王族の一人をシリオンの王城に賓客として滞在《たいざい》させることである。

賓客、とされているが実際のところは人質だ。

二度と無謀《むぼう》な戦争を起こさないための抑止力《よくしりょく》として要求された人質なのは明白だが、自分では抑止力としての効果は期待出来ないだろう。

王族の落ちこぼれ——もっと赤裸々《せきらら》に言ってしまえば「出来損《そこ》ない」のエリシャがシリオンに送り込まれてきたのは、シリオンでエリシャがどうされようとニアレイズに何の影響も及《およ》ぼさないからだ。

思いながらエリシャは溜息を押し殺す。

戦《いくさ》を起こした先王ヤンネ・ルクス・フォンティーナには三十九人の子どもがいて、その中で王位継承《けいしょう》権を持つに相応《ふさわ》しいとされたのは、王城で生活することを許された五人の王子王女だけだ。その他の者がどうなったのか、早い内に競争から脱落《だつらく》したエリシャはよく知らない。先の戦に加わって命を落とした者も何人かいるらしいが、その名前も人数も定《さだ》かでない。

エリシャは十三歳でニアレイズの僻地《へきち》に乳母《うば》と共に送り込まれて、そこでわずかな年金を頼《たよ》りに、細々と暮らしていた。その年金の支払いも戦が始まったのと同時に打ち切られ、それから間もなく乳母も亡《な》くなってしまい——つい先日、城から遣《つか》いが来るまで戦が終わったことも知らずに、慎《つつ》ましく暮らしていた。

先を行く門番に遅《おく》れないように、エリシャは少し小走りになって滲んだ汗《あせ》を拭う。

エリシャはシリオンの王城をたらい回しにされていた。

門番から、門番の直属の上司へ。それから、城の守備隊長へ。守備隊長から、騎士《きし》団へ。騎士団の小隊長から、中隊長、大隊長。今はようやく騎士団長との面会が許されて、その執務《しつむ》室へと案内されている最中だった。

体軀に優れた獅子族に合わせて、何から何まで大きめに作られた城は、エリシャの疲弊《ひへい》に拍《はく》車《しゃ》をかけていた。

階段の段差一つをとってもエリシャには高すぎて、何度も転げ落ちそうになる。その上に、案内の兵の歩幅《ほはば》も広くて、エリシャは何度も小走りになってしまった。

結果として、城中を走り回ってしまったために、エリシャの体力を酷く消耗《しょうもう》していた。

それから、注がれる好意的とは言い難《がた》い視線も体力を消耗させる。

「——エリシャ・ルクス・フォンティーナです」

白い肌《はだ》を疲労《ひろう》で更《さら》に白くしながら、何度目か忘れた自己紹介《しょうかい》をしたところで、騎士団長と名乗った榛色《はしばみいろ》の毛並みと瞳《ひとみ》をした獅子獣人《しじゅうじん》は眉《まゆ》を上げて言った。

「——おいおい、大丈夫《だいじょうぶ》か。王子様？」

気安い調子で声をかけられて、瞬《まばた》きをする。

少なくとも、今までで一番好意的な対応だった。

そのまま椅子《いす》を勧《すす》められるのに、ありがたく腰《こし》を下ろしてエリシャは深く息を吐いた。

こざっぱりとした机の向こう。同じく椅子に腰かけながら、エリシャの銀杯と出生証明書を検分していた騎士団長は、ふと訝《いぶか》るような視線をエリシャに向けた。

「他の荷物はどうした、エリシャ王子？　後から届くのか？」

その問いに一瞬《いっしゅん》、エリシャは言葉に詰《つ》まって――それから答えた。

「他の荷物は、ありません」

「無い？」

榛色の瞳が不思議そうな色を宿すのを見ながら、エリシャは答えた。

「その銀杯と出生証明書が、私の荷物の全てです」

エリシャの言葉に、騎士団長が呆気に取られた顔をする。

「どういうことだ？　ニアレイズの王族が先触《さきぶ》れも無く送られて来ただけでも、大騒《おおさわ》ぎなのに――荷物も無い？　それに従者は、どうした？　送ってきた馬車は？」

もっともな疑問にエリシャは気まずい顔で、目を伏《ふ》せながら答えた。

「馬車は城の前に私を下ろして――すぐに帰りました。私に仕える従者はいません。王位継承権が無いと分かった十三歳の時に、私はニアレイズの王城から出されています。お恥《は》ずかしいのですが――王族というのは名ばかりのことなのです。以前は身の回りのことは乳母が手伝ってくれていましたが、乳母も亡くなってしまい――今は一人です」

「なに――？」

絶句されて、エリシャは申し訳なさに俯《うつむ》いた。

シリオンが期待していた人質像《ひとじち》と、きっと自分はかけ離《はな》れていることだろう。祖国のニアレイズからのぞんざいな扱《あつか》いで、存在価値が無いことは明白だった。

そんな思いで沈黙《ちんもく》していれば、溜息《ためいき》と共に扉《とびら》が開いた。

入ってきたのは黒い毛並みと黒い瞳の獅子獣人で、エリシャに鋭い一瞥《いちべつ》をくれてから、つまらなそうに鼻を鳴らして言う。

「いかにも、あの国の王族がやりそうなことだな。条約の締結にあたって、王族を差し出せとは書いたが、確かに王族の身分についての指定をしていなかった。それにしても、本当に王族一人をただ差し出してくるとは――呆《あき》れて物も言えない」

不機嫌《ふきげん》さを隠《かく》しもしない黒獅子《くろじし》に、榛色の瞳を向けて騎士団長が悪戯《いたずら》っぽく言う。

「――立ち聞きとは行儀《ぎょうぎ》が悪いな、宰相閣下《さいしょう》？」

「立ち聞きされていると分かっていながら話を進めるそちらの性格も相当に悪いだろう、騎士団長。――さて、エリシャ王子」

腕《うで》を組んで見下ろされるのに、威圧感《いあつかん》を覚えながらエリシャは素直《すなお》に返事をする。

「はい」

「正直、あなたの取り扱いに関して——こちらは困惑《こんわく》している」

「はい」

それはそうだろう。一国の王子が先触れもなく、忽然《こつぜん》と身一つで姿を現したのだから。そして、その王子が身分を示すもの以外の何一つ持って来ていないのだから。

「ひとまず、賓客《ひんかく》として扱うことにはするが——あなたには国に帰って貰《もら》うことになると思う。我が国が求めているのは、先の戦のような馬鹿《ばか》げたことが起こらない抑止力になるような人材だ」

「はい」

お手間をかけます、と素直に頭を下げれば、宰相と名乗った黒獅子が何とも言えない目でエリシャを眺《なが》めた。

それに対して騎士団長が、からかうような口調で言う。

「あの国の他の王族もこれぐらい礼儀《れいぎ》正《ただ》しければ苦労はしないのにな、宰相閣下？」

「うるさいぞ、騎士団長」

苦い口調で言いながら、宰相の黒獅子が言った。

「とりあえず、あなたが過ごすための離宮《りきゅう》の手配は出来ている。我が国の王と一応、顔を合わせてからはそちらで過ごして貰いたい。よろしいか？」

「はい。よろしくお願いします」

訊《き》かれるまでもない。むしろ、エリシャに対しての丁寧《ていねい》な対応に驚《おどろ》いていた。

元来、他の種族を「獣《けもの》」と呼んで蔑《さげす》む態度を隠さなかったヒト族の評判は、先の戦争から完全に地に落ちている。大した利用価値も無い、一応王子というだけのエリシャのことなど、もっと雑に扱ったところで文句も出ないというのに。

思いも寄らない厚遇《こうぐう》に恐縮《きょうしゅく》して頭を下げるエリシャに、宰相の黒獅子が居心地《いごこち》悪そうに眉を寄せた。それを不思議に思って瞬きをすると、宰相が咳払《せきばら》いをする。

「その銀杯《ぎんぱい》と出生証明書は、こちらで預からせて貰います。——騎士団長、三十分ほどで謁見《えっけん》の準備が整うからエリシャ王子を謁見の間まで連れてくるように」

「承知した、宰相閣下」

軽快に答えながら、エリシャの銀杯と出生証明書を宰相に差し出す。そのまま部屋を出て行く宰相の後ろ姿を見ながら、ざっくばらんな口調で騎士団長がエリシャに言う。

「名乗るのが遅れたな、俺の名前はブレイズ・シェイドだ。どれぐらいの期間になるのか分からんがよろしく頼《たの》む、エリシャ王子。——それにしてもニアレイズの国は、何を以《もっ》て王位継承権者を選んでいるんだ?」

「何を以て——?」

訊かれるとも思っていなかった問いに、エリシャはきょとんとする。そんなエリシャを、どこか面白《おもしろ》そうな顔で眺めながら騎士団長が言葉を続けた。

「少なくとも、知力では無さそうだな。それから、礼儀正しさでも。――俺は一応、ニアレイズの城にいる王位継承《けいしょう》権をお持ちの方々とは一通り顔を合わせてはいるが、負けた自覚が無いのか――他種族に対して差別意識を隠そうともしない、矜持《きょうじ》だけが高い連中だったな。その連中に比べて、あなたは随分《ずいぶん》分別があるように見えるが。俺なら少なくとも、あの連中じゃなくてあなたを選ぶ」

思いも寄らない自分への高評価に、エリシャは戸惑《とまど》いながら返事をした。

「――そう、ですか」

そんなエリシャの相槌《あいづち》に、騎士団長が眉を上げた。

「ああ――あまりにも似ていないから忘れていたが、そちらにしてみれば血の繋《つな》がった兄弟だったな。悪く言ってすまない。本当のことなので撤回《てっかい》はしないが、配慮《はいりょ》に欠けていた」

「いえ――」

正直過ぎる感想に、エリシャは苦笑《くしょう》を浮《う》かべて言う。

「すみません――私は、城にいる王位継承権を持っている方々とは会ったことが無いので。どんな人たちか知らないんです」

その言葉に、榛色の瞳が不思議そうに瞬く。

「異母とはいえ、王子と王女だろう？　交流ぐらい無いのか？」

「全くありません。先ほども言ったように、私は十三歳で王城を出されています。城に呼ばれたのは、今回こちらの国へと赴《おもむ》くように命じられた時だけです。それも宰相からの言伝《ことづて》でした」

「……戦《いくさ》に無関係な異母弟を突然《とつぜん》に呼びつけて、人質役を押しつけて謝罪の一言も無しか？」

「そういうものです。私はニアレイズの王族の落ちこぼれですから」

「ふぅん？」

怪訝《けげん》な顔をする騎士《きし》団長に、エリシャは先ほどの問いに答えるべく言葉を紡《つむ》いだ。

「ニアレイズで王位継承権を持つのは、二十歳《はたち》までに一番多く子を生《な》した方です。それが出来なかった、あるいはその能力に欠けていると思われる者は城を追われます」

エリシャの言葉に、騎士団長――ブレイズが瞬きをして言う。

「それだけか？」

「それだけです」

「そちらの血統主義は有名だが――些《いささ》か行き過ぎだな」

率直《そっちょく》なブレイズの感想に、エリシャは苦笑を深めた。

ニアレイズの国の方針は単純である。

尊い種族であるヒトを増やすこと、だ。

優《すぐ》れている王族の血統は、特に存続させること。

それであるから男性は子を作らせれば作らせるだけ地位が上がり、女性は子を産めば産むだけ丁重《ていちょう》に扱われる。

先王にしてエリシャの父であるヤンネは、エリシャを含《ふく》めて三十九人の子どもがいた。王妃《おうひ》、側妃に産ませた子も多いが――一夜限りの関係を持った貴族の娘《むすめ》や下働きの娘の子まで身分を問わない。

王の子と認められた子どもたちは、一つの建物に集められて乳母《うば》や家庭教師たちに養育をされる。王族や貴族は子育てをしないし、国民もそれに倣《なら》って裕福《ゆうふく》な者たちは子育てを使用人たちに任せるのが常だ。そして、子の養育を担《にな》うのはエリシャのように「出来損《そこ》ない」と呼ばれる者や――身分の低い者たちが主である。

白い髪《かみ》に赤い瞳《ひとみ》の子どもは虚弱《きょじゃく》だと医者から言われ、エリシャは最初から期待をかけられていなかった。

なので、いつも建物の隅《すみ》に一人でいた。

ごちゃごちゃと、たくさんいた異母兄弟姉妹たちの中で、一体誰《だれ》が王位継承権を得たのか――名前を聞いても良く分からない。

エリシャのざっくりとした説明に、騎士団長が言う。

「なるほど？　頭より腰《こし》を動かすのが得意な連中の集まりが国の上にいるってことか。――頭が痛いな」

やや呆《あき》れたようにブレイズの口から発せられた言葉に、エリシャは苦笑で答えた。

そもそも「出来損ない」のエリシャに、ニアレイズの現王たちを批評する権利は無いのだ。

そんなことを話している内に、宰相《さいしょう》に告げられた時間が迫《せま》ってきた。ブレイズが部屋の隅にある柱時計を見てから、「行くか」と告げて軽々と立ち上がる。エリシャもそれにつられて立ち上がった。

少し休んだせいで却《かえ》って疲労感《ひろうかん》が増したような気がする。

ふらつくエリシャを振《ふ》り返って見て、ブレイズが眉《まゆ》を寄せた。

「おい、大丈夫《だいじょうぶ》か？　担《かつ》いでいくか、王子様？」

「いえ——大丈夫です。すみません、ありがとうございます」

人質《ひとじち》に来た王子が相手国の騎士団長を移動の手段に使うなんて、あまりにも礼儀《れいぎ》から外れているだろう。これ以上、祖国の評判を落とすのは避《さ》けたい。

そう思って申し出を断るエリシャに、少し歩調を緩《ゆる》めながらブレイズが先を行く。

疲《つか》れすぎて汗《あせ》も出ない。どちらかと言うと、血の気が引いている。軽い貧血状態のようだ。

——せめて、王の御前《ごぜん》で倒《たお》れるような失態は避けたい。

そんなことを思いながら、巨大《きょだい》な扉《とびら》の前にエリシャは通された。

「ここから一人で行けるな？」

確認《かくにん》されるのに頷《うなず》く。それを見てからブレイズが扉の両脇《りょうわき》に立っている兵に視線を向けた。

すると重々しい扉が開く。

──その途端《とたん》に、ふわりと良い匂《にお》いがエリシャの鼻を掠《かす》めた。

清々《すがすが》しい、仄《ほの》かな苦味を含んだ甘酸《あまず》っぱい香《かお》り。

どこかで嗅《か》いだことのあるような、心地《ここち》よい匂い。

それに一瞬《いっしゅん》ぼうっとしてから、エリシャはそっと足を踏《ふ》み出した。

扉の向こうは、開けた空間だった。

天井《てんじょう》が高く、光が天窓から差し込んでいる。数段高い玉座の上に、立派な赤毛の獅子《しし》が座っているのが見えた。その横には、先ほど言葉を交《か》わした黒獅子の宰相が控《ひか》えている。

玉座がやけに眩《まぶ》しく見えて、エリシャは思わず目を伏《ふ》せた。

そのまま震《ふる》えそうな足に力を入れて、一歩一歩近づいていく。

玉座に近づくごとに、匂いが強くなっていく。

何の香りなのだろう、これは。

頭の芯《しん》が痺《しび》れるような、心地の良い香り。

柑橘《かんきつ》系の──果物に似ている。

ぼんやりとそんなことを考えながら、エリシャは頭を下げた。

──そのまま、しばらく。

誰からも声が掛《か》けられないことを不審《ふしん》に思っていると、何かの気配を近くに感じた。

　そして――そのまま。

「あ、ぁ――ッ!?」

　痛みとは違《ちが》う、何かが体を走り抜《ぬ》けた。

　何が起こったのか咄嗟《とっさ》に理解出来ない。体の芯が痺れて、がくりと力が抜けてしまう。そんな凄《すさ》まじい衝撃《しょうげき》。

　反射的に顔を上げれば、玉座に座っていた筈《はず》の赤毛の獅子がじっとエリシャのことを見つめていた。淡《あわ》い黄色の瞳が光っている。それから、あの甘酸っぱい香りがむせかえるように強くなっているのに気が付いた。

　――檸檬《レモン》だ。

　獅子の瞳の色に、エリシャは果物の名前を思い出す。

　南の育ちの乳母が、市で見かけた時に買って砂糖で漬《つ》けていた。黄色い楕円《だえん》形の果実。

　それに、似ている。

　思いながら何か口を開くよりも先に、エリシャの意識はぷつりと途絶《とだ》えた。

＊＊＊＊

「――半獣《はんじゅう》の私になんて育てられて、お可哀想《かわいそう》なエリシャ様」

エリシャの乳母のルーナは、そう言ってよく泣いていた。

彼女はヒト族と猫《ねこ》族の間に生まれて、ヒト族と猫族の特徴《とくちょう》を半分ずつ体に受け継《つ》いでいた。耳は猫族特有の三角のそれが頭頂部にあり、顔はヒト族特有のつるりとした肌《はだ》だが、手足には猫族と同じく鋭《するど》い爪《つめ》と毛並みを持っていた。そして、彼女には綺麗《きれい》な縞模様《しまもよう》の尻尾《しっぽ》が生えていた。


ヒト族は、ヒト族以外と性交をしない。

それでも稀《まれ》に、ヒト族とそれ以外の種族の特徴を併《あわ》せ持った子が生まれる。どのような理由で行為《こうい》がなされたのかは誰も知らない。ただ、それらの子は「半獣」として蔑《さげす》まれてニアレイズの国で最下層の扱《あつか》いを受ける。

エリシャの乳母のルーナも、そんな一人だった。

彼女は城から追放されたエリシャを哀《あわ》れんで泣き、半獣の自分と暮らさなければいけない境《きょう》遇《ぐう》を哀れんで泣き、自分が半獣であることを嘆《なげ》いて泣いていた。

――でも、ルーナ。

乳母の啜《すす》り泣く声を思い出しながら、エリシャはあの時に声に出来なかった言葉を呟《つぶや》く。

――でも、ルーナ。お前は怒《おこ》るかも知れないけれど、落ちこぼれの私なんかより、ルーナの方がよっぽど。

ハンカチを目元に押し当てて静かに嗚咽《おえつ》する乳母の姿と、見知らぬ天井が重なった。

瞬《まばた》きをしている内に、だんだんと意識が冴《さ》えてきて——乳母の姿が夢の物だったことに気が付く。横になったまま、エリシャは重たい体に深く息を吐《は》いた。

——ここは、どこだろう。

思っていると、不意に声が掛けられた。

「お目覚めですか？」

現れたのは、緑の瞳が印象的な獅子族だった。左に片眼鏡を掛けている。

ぼんやりと相手を見返して、エリシャは慌《あわ》てて体を起こした。

「陛下は——？　いや、私は——？」

矢継《やつ》ぎ早に質問を飛ばすエリシャを片手で制しながら、目の前の獅子族は落ち着いた口調で言う。

「気分が優れなかったりしませんか？」

「いえ、大丈夫ですが——」

謁見《えっけん》の間の記憶《きおく》は、途中《とちゅう》からぷつりと切れている。自分の身に何が起こったのか。理解出来ないままでいると、少しだけ呆れたように相手が言う。

「身一つで送り込まれたと聞きましたが、首輪はどうされたのですか？」

「——は？」

首輪とは。

愛玩動物《あいがん》に着けられる、革製《かわせい》の器具が頭に浮《う》かぶ。

そんなエリシャの反応に相手は眉を顰《ひそ》めた。

「発情期で無いとはいえ、項《うなじ》を無防備に晒《さら》して歩くなんて自殺行為ですよ。こちらで用意をしますから、普段《ふだん》はそれを着けて過ごして下さい。王族に対して首輪の支給まで渋《しぶ》るなんてニアレイズが敗戦以来、困窮《こんきゅう》しているというのは本当なんですね」

「あの、待って下さい」

一つも理解出来ないままに話が進んでいく。

エリシャの声に、片眼鏡をかけた左目を眇《すが》めて相手が言う。

「なんでしょう?」

「あの——どうして私が首輪を着けないといけないんでしょうか……?」

人質として、敗戦国の代表として戦勝国への隷属《れいぞく》の証《あかし》だろうか。それならば納得《なっとく》するが、相手の口振《くちぶ》りからしても、そんな様子は見られない。

エリシャからの問いに、相手が驚《おどろ》いたような顔をして答えた。

「どうしてと言われましても——あなたはΩ性なのですから。自衛のために首輪を着けるのは当然のことです」

自明の理のように語る相手に、エリシャは更《さら》に困惑《こんわく》した。

「オメガ……?」

聞き慣れない言葉を繰《く》り返せば、相手はその様子に驚いた顔をした。

「まさか気が付かれていなかったのですか？　あなたはβ性では無く、Ω性です。エリシャ王子は今年で二十二歳とお聞きしましたが、発情期の経験ぐらいおありでしょう？　Ω性という心当たりはお持ちでは――」

「あの、すみません――待って下さい」

また飛び出した知らない言葉に、エリシャは困惑を深めながら訊《き》いた。

「オメガとかベータとか……それは、なんのことですか？　病気か何かですか？」

「は？」

エリシャの問いに、相手が短い言葉と共に沈黙《ちんもく》した。驚愕《きょうがく》の表情と共にまじまじと顔を見つめられて、居心地《いごこち》の悪さに身じろぎをする。

十三歳まで王城暮らしで、それからは乳母《うば》と僻地《へきち》で二人暮らしだ。世間知らずの自覚はあった。しかし、知らないものは知らないし、それならば教えて貰《もら》うしか無い。

そんなエリシャの様子を見つめていた相手は、呆気《あっけ》に取られた声で言う。

「まさか――第二性をご存じ無い？」

「だいにせい……？」

聞き覚えの無い言葉を、たどたどしく繰り返す。それに相手は顔色を変えた。

「エリシャ王子は、まさか第二性――バース性を、ご存じ無いのですか？」

信じられない、という声で訊《たず》ねられても首を傾《かし》げるしか無い。

最終的に絶句した相手に申し訳が無く、身を縮めたところでふと——首元に違和感《いわかん》を覚える。

手をやれば、そこには包帯が巻かれていた。

途端《とたん》に、体を走り抜けた形容し難《がた》い衝撃を思い出す。

甘酸《あまず》っぱい檸檬の香《かお》りと、それに良く似た淡黄色《たんこうしょく》の瞳《ひとみ》も。

「——あの、陛下との謁見は……？」

唐突《とうとつ》に途絶えてしまったそれに言及《げんきゅう》すれば、驚きが過ぎたのか、もはや無表情になった相手が答えた。

「陛下は——もう、あなたにお会いになるつもりは無いとのことです」

「え——」

何か粗相《そそう》をしてしまったか。

顔色を無くすエリシャに対して、片眼鏡の獅子《しし》族が淡々《たんたん》と言う。

「あなたが気を失ったのは、陛下が項を噛《か》んだ衝撃からです。生理的反応の結果です」

「陛下が——項を、噛んだ？」

言葉を繰り返したところで、ぞくりと体の奥が疼《うず》くような感覚を覚えた。今まで意識もしなかった項が、じくじくと熱を持って疼いている。

奇妙《きみょう》な感覚に戸惑《とまど》うエリシャに対して、相手は言う。

「あなたの芳香《ほうこう》に誘《さそ》われてしまったそうです。エリシャ王子が発情期でなかったのが幸いでした。――我が国の陛下はα性ですから。一歩間違《まちが》えれば『番《つがい》』になってしまうところでした」

「アルファ……？　つがい……？」

再び飛び出した知らない言葉を繰り返しながら、首元を擦《さす》ってエリシャは言う。

「あの――私は何か陛下の気に障《さわ》ることをしてしまったんでしょうか？」

「は？」

「そうでないと、相手に噛みつくなんて、そんなことなさらないでしょう？」

謁見と呼ぶにはあまりにも短すぎる時間に、一体何をしでかしてしまったのか。自分の行動を懸命《けんめい》に思い出そうとするエリシャを見て、相手は脱力《だつりょく》したように呟く。

「本当に……ご存じ無いのですね……」

そのまま、へたり込んでしまった相手に、エリシャは慌てて寝台《しんだい》から身を乗り出した。

エリシャの幼い頃《ころ》の記憶は灰色だ。

王の子どもたちが集められた施設《しせつ》は広く、乳母も家庭教師もたくさんいたが、医者から「虚弱《きょじゃく》だろう」と言われていたエリシャを気にかける酔狂《すいきょう》な大人は誰《だれ》もいなかった。

自分が目をかけた子が王位継承《けいしょう》者になれば、出世の道が開ける。だから乳母や家庭教師には必ず「お気に入り」の子がいて、あからさまな優遇《ゆうぐう》や贔屓《ひいき》は日常茶飯事《さはんじ》だった。

どの子を王位継承者に育て上げるか。

養育者たちが敵愾心《てきがいしん》も露《あら》わに競争する様子は、子どもたちにも容易《たやす》く感染《かんせん》し、施設の中には諍《いさか》いの声が絶えなかった。

期待をかけられていなかったからこそ、そういう争いと無縁《むえん》でいられたのは、ある意味エリシャにとっては幸運だったかも知れない。

その中で――一際《ひときわ》、目を惹《ひ》く子がいた。

頭の回転が抜群《ばつぐん》によく、運動神経にも優《すぐ》れていて、何より他者を圧倒《あっとう》するような独特の雰囲《ふんい》気《き》を持っていた子どもだった。

けれども、ある日――その子は施設の中からふつりと姿を消した。

苦々しげな顔をして、養育者の大人たちが蔑《さげす》みと共に発した言葉をよく覚えている。

「まさか、『獣憑き』だったなんて」

「『獣憑き』如《ごと》きに今まで仕えていたのかと思うと虫酸《むしず》が走る」

「ああ、まったく。王族の子孫に『獣《けもの》憑き』が入り込むだなんて嘆《なげ》かわしい」

その言葉の意味を知らないまま、エリシャはその子と再会することなく城を出された。

獣憑き、という言葉に再会するのは――乳母と共に僻地で過ごしはじめてから数年経《た》った時のことだ。エリシャの住まいの近くには町があり、食料品や日用品は、その町から送られてきた。けれども、日常の中で予想しない不足の品が出れば、ルーナと二人で連れ立って町へ行き買い物をすることもあった。

自身が「半獣《はんじゅう》」であることを酷《ひど》く恥《は》じていた乳母は、人目を忍《しの》ぶようにして買い物をするのが常だった。

――その町には、とある商店があった。評判の看板娘《むすめ》がいる店で、彼女目当てに訪《おとず》れる客たちで、いつも店は賑《にぎ》わっていた。もちろん、エリシャは立ち寄ったことなど無い。だから、彼女の顔もよく知らない。店に入る順番待ちにたむろする客たちの話が、たまたま耳に入ったから知った程度だ。何より、その店が取り扱《あつか》っている品は、煙草《たばこ》や酒などの嗜好《しこう》品が主で、年金暮らしの慎《つつ》ましい生活には関係無かった。

けれど、ある日――いつものように買い出しに訪れた町で、あれほどの賑わいを見せていた店が、廃墟《はいきょ》同然の空き家になっていたことには驚かずにいられなかった。

窓や扉《とびら》に、外から釘《くぎ》で板が打ち付けられた家は――商売の気配どころか、人の気配もしない空き家と化していた。

疑問に思ったのは、乳母も同じだったらしい。馴染《なじ》みの店で、その商店について訊ねたルーナの顔に――みるみる過《よ》ぎった嫌悪《けんお》の表情を今もまざまざと覚えている。

普段は卑屈《ひくつ》なほどに自分を蔑む乳母が、初めて他者へ向けた蔑みの感情だったから、余計にそれはエリシャの頭に残った。

帰り道。あの店は一体どうしたのか、と訊ねるエリシャに向けて、ルーナは険しい顔のまま軽蔑《けいべつ》を隠《かく》さない声で言った。

「――あの店の娘は『獣憑き』だったんですよ」

香りで他人を操《あやつ》るなんて、「半獣」より劣《おと》る獣の仕業《しわざ》。

気を取り直した片眼鏡をした医師――ラジャ・ステインによる「第二性」の説明を聞きながら、エリシャが思い出したのはそんなことだった。

半獣の自分に育てられるなんて、とエリシャを哀《あわ》れんで泣いていた乳母を思い出す。

どうやら、エリシャはあんな風に哀れまれるような存在では無かったようだ。

――つくづく、私は「ハズレ」だな。

自嘲《じちょう》するようにそんなことを思えば、目の前のラジャが緑の瞳を細めて言う。

「エリシャ王子？」

大丈夫《だいじょうぶ》かと訊ねるように呼びかけられて、エリシャはぎこちなく微笑《びしょう》を浮《う》かべた。

今されたばかりの説明が、頭の中をぐるぐると回っている。

ニアレイズ以外では一般《いっぱん》的な概念《がいねん》だと言われても、馴染みの無い概念を飲み込むのには少し時間がかかりそうだった。

エリシャが知っている限り、性別というのは男性と女性だけだ。

しかし、それは「第一性」という生まれつき判別可能なものであって、性別には更《さら》に「第二性」と呼ばれる発育の段階で発現するものが三つあるらしい。

人口の大半を占《し》めるβ性。

特筆して優秀《ゆうしゅう》な者が多いα性。

そして、第一性に関係なく妊娠《にんしん》と出産が可能なΩ性。

そして——エリシャは、そのΩ性なのだそうだ。

ただの男性として生まれたエリシャにしてみれば、自分が妊娠や出産が可能だと言われても実感が湧《わ》かない。それに、通常のΩ性であれば、体の成熟と共に三ヶ月に一度、発情期と呼ばれる症状《しょうじょう》に見舞《みま》われるらしい。名前通りに発情状態になって、発する香りでα性を誘引《ゆういん》してしまうそうだ。

二十二年の人生の中で、そんな症状に見舞われたことは一度も無い。

何より、そんな症状がわずかでも出ていたら——エリシャの存在はとっくにこの世から無くなっていただろう。

ラジャからなされた説明と合致《がっち》する言葉を、エリシャは一つだけ知っている。

獣憑き。

ニアレイズでは、α性もΩ性も区別なくそう呼ばれて忌《い》み嫌《きら》われていた存在だ。自ら発する匂《にお》いで他人を威圧《いあつ》したり、欲情《よくじょう》させたり——稀《まれ》にヒト族の中に姿を現す彼らは「ヒトの皮を被《かぶ》った獣」と呼ばれ、存在が分かると同時に排斥《はいせき》されるのが常だった。

——共に育ったあの子も、顔も知らないあの娘《こ》も、もうこの世にいないだろう。

エリシャの生まれたニアレイズとは、そういう国だ。

「ところで、エリシャ王子。今年で二十二歳というのに間違《まちが》いはありませんか？」

「——？　はい」

思考に沈《しず》んでいれば不意に質問を向けられて、エリシャは瞬《まばた》きと共に答えた。それに対してラジャが緑色の瞳《ひとみ》を眇《すが》める。

「その年齢《ねんれい》になるまで一度も発情期が来たことが無い、というのは本当ですか？」

「ええ——」

頷《うなず》けばラジャが更に難しい顔をする。

「あの？」

何か、と聞き返そうとしたところでラジャが言う。

「一度きちんと診察《しんさつ》をさせていただいてもよろしいですか？」

「え——？」

診察。

その声に、ぞっとエリシャの背筋が凍《こお》る。顔を強《こわ》ばらせたエリシャに向かって、ラジャが落ち着かせるように言った。

「念のためです。初めての発情期が遅《おそ》いΩ性というのは珍《めずら》しくありませんが――二十歳《はたち》を越《こ》えて、まだ一度も発情期が無いというのは、かなり遅い部類に入ります。なので、念のために。獅子《しし》族もヒト族も体の基本的な構造は同じですから、診察についても問題ありません」

異なる種族の医師に診察される不安を和《やわ》らげようと言葉を紡《つむ》ぐラジャの声は、エリシャの耳を素通《すどお》りしていった。

耳の奥に、かちゃかちゃと金属音が響《ひび》く。

それから――呆《あき》れたように吐《は》き出された言葉も。

――尊いヒト族の王に、こんな出来損《そこ》ないが生まれるなんて。

向けられる落胆《らくたん》と、軽侮《けいぶ》の視線。

血の気がすっと引いていく。

「――ッ、結構です」

「――エリシャ王子?」

悲鳴のようなエリシャの拒絶《きょぜつ》に、ラジャが驚《おどろ》いた顔をする。

簡素過ぎる麻《あさ》の服は、城に着いた時から変わっていない。

だから、服の下を見られてはいない。

頭の中で必死に自分に言い聞かせながら、不安で胸元《むなもと》の服をかきむしるように握《にぎ》る。小さく息を吸ってから、エリシャは言った。

「――私は、すぐに国に送り返されるでしょうから。わざわざ診察していただくことはありません。結構です」

エリシャの言葉に、ラジャが眉《まゆ》を寄せて言う。

「しかし――」

「結構です」

相手の言葉を遮《さえぎ》るように言えば、ラジャが物言いたげな顔をしながら、それでも口を閉じた。それから、溜息《ためいき》と共に言う。

「――分かりました。エリシャ王子も、自分の性別について初めて知って不安でしょう。そんな時に性急に訊《き》くことではありませんでしたね。すみません」

「いえ――」

そんな言葉を返されるのに首を振《ふ》れば、ラジャがそのまま言葉を続ける。

「しかし――エリシャ王子が早急にニアレイズに送り返される、ということは無いと私は思いますが」

「え――?」

ぽつりとこぼされた言葉を不思議に思って相手を見返すと、ラジャが一礼をした。

「ここはニアレイズの王族が過ごすために用意された部屋ですから——専用の使用人もいます。何かあれば、そこの鈴《すず》を鳴らして下さい」

天蓋《てんがい》の付いた寝台《しんだい》には、柱の横で紗《しゃ》がまとめられている。そこから延びた紐《ひも》が、どうやら使用人を呼び出すための鈴と繋《つな》がっているらしかった。

目をやる余裕《よゆう》が今まで無かったが、置かれている調度品がどれも立派なものばかりだということに気が付く。

敗戦国の王子とはいえ、王族を迎《むか》え入れるのに相応《ふさわ》しい物を用意していたようだ。エリシャの身には過ぎるものばかりだろうが。

「——とりあえず、今はゆっくりお休み下さい」

そう言ってラジャが部屋を出て行く。

扉《とびら》が閉まって部屋の中に一人きりになった途端《とたん》に、どっと体から力が抜《ぬ》けてエリシャは寝台の上に突《つ》っ伏《ぷ》した。無意識に手が首に巻かれた包帯に触《ふ》れた。

第二性。

α性、β性、Ω性。

獣憑《けものつ》き。

色々な言葉が頭の中でぐるぐると回る。

心許《こころもと》なさに苛《さいな》まれながら、首元の包帯を指で引っかく。

──息が苦しい。

歯を食いしばりながら、強く目を瞑《つぶ》る。

国に返された後、自分がどうなるのか。その末路が簡単に思い描《えが》ける。役目を果たすことの出来なかった者として城から放逐《ほうちく》されるだけだろう、というのは淡《あわ》い期待だったようだ。獣憑きだと知られてしまえば、もうあの国にエリシャの居場所はどこにも無い。

気が付けば体が無意識に震《ふる》えていた。

指先が落ち着かない様子で首に巻かれた包帯を引っかく。緩《ゆる》んだ包帯が、はらりと解けて少しだけ呼吸が楽になったような気がする。そのまま包帯を引き抜くようにしながら、不意に頭に浮《う》かんだのは、たった一度だけ見た淡黄色《たんこうしょく》の瞳だった。

シリオンの国王、ディオン・グリフ・リッジウェイ。

立派な体躯《たいく》の赤毛の獅子族。

言葉を交《か》わしたことも無い、エリシャの項《うなじ》を噛《か》んだ人。

その人が纏《まと》っていた芳醇《ほうじゅん》な檸檬《レモン》の香《かお》り。

それを思い出した途端に、妙《みょう》な胸の高鳴りと共に──噛まれた項のあたりから、不思議な疼《うず》きが全身に広がっていくのにエリシャは苦しげな息を吐き出した。

これは、なんだろう──？

もどかしいようなむず痒《がゆ》さ。

それが微《かす》かな熱と共に広がっていくのを感じながら、エリシャはきつく目を閉じて寝台の上で丸くなった。

＊＊＊＊

「本当にニアレイズの王子はΩ性なのですか？」

執務《しつむ》室にやって来た黒獅子の宰相《さいしょう》――クラウス・ヘルドブロアが、訝《いぶか》しげな顔で言うのにディオン・グリフ・リッジウェイは執務机に落としていた視線を上げた。

クラウスの顔を真っ直《す》ぐに見据《みす》えて、ディオンは言う。

「俺の間違いだと言いたいのか、宰相？」

その問いに、クラウスが小さく息を吐きながら首を振った。

「いいえ――陛下のα性としての能力の高さを知らないわけではありません。その陛下が我を忘れて項に噛みついたぐらいです。確かに、彼はΩ性なのかも知れませんが――」

そこまで言って言葉を濁《にご》した宰相の様子に、ディオンは瞳を眇めた。

「なんだ？」

「――私はニアレイズの王子がΩ性だとは気づきませんでした。謁見《えっけん》の間まで王子を案内した騎士《きし》団長もです」

告げられた言葉の意味を飲み込むのにしばらくかかる。それからディオンは聞き返した。

「なに——？」

宰相のクラウスも騎士団長であるブレイズも、特に優《すぐ》れたα性として城内で認識《にんしき》されている。ディオン自身も二人の能力の高さを認めていた。

——その二人の鋭敏《えいびん》な嗅覚《きゅうかく》が、あの芳醇な石榴《ざくろ》の香りに気付かなかったとは俄《にわか》に信じ難《がた》い。

「本当に気付かなかったのか？　あれほどの香りに？」

血をざわめかせるような熟《う》れた石榴の香り。

思い出しただけで、飢餓《きが》のような焦燥《しょうそう》に襲《おそ》われてディオンは無意識にきつく拳《こぶし》を握った。唸《うな》るようなディオンからの問いに、宰相は冷静な顔で首を振って答えた。

「全く気が付きませんでした。——そもそも、ニアレイズの王子がΩ性だと分かっていれば首輪も無しに陛下との謁見を許すことはしません」

「確かに——」

ディオンが好んでΩ性を近づかせないことは、城内で知れ渡《わた》っている。

その理由を誰《だれ》よりも理解している宰相が、他種族の王族に対してであろうと、そんな手抜《てぬ》かりを起こすとは思えない。

——そもそも、どうして、あの王子は首輪をしていなかったのだろうか。

真っ白な項。

歯形の付けられたことの無いそこは、誰の物にもなったことの無い証《あかし》だ。

とはいえ、成人したΩ性が首輪も無しに不特定の人間の前に姿を現す危険性を承知していて当然だろうに。王位継承《けいしょう》権の政争に敗れたとはいえ、れっきとした王族が、あんなに無防備にいるのは不自然だった。

白に近い銀髪《ぎんぱつ》の隙間《すきま》から覗《のぞ》いた、白い項を思い出す。それと同時に、そこに噛みついた感触《かんしょく》が恐《おそ》ろしいほど鮮明《せんめい》に体に蘇《よみがえ》ってきた。

「——っ」

「陛下？　どうかされましたか？」

「——いや」

歯を食いしばりながら短く答える。

腕《うで》の中で、くたりと意識を失った細い肢体《したい》。名前と顔しか知らないヒト族の王子に、どうしようもない欲《よく》を抱《いだ》いて持て余している。

——この有様なら「獣《けもの》」と謗《そし》られても仕方がない。

目を閉じて衝動《しょうどう》をやり過ごしていると、執務室にノックの音がした。宰相が踵《きびす》を返してドアに向かい、それから伴《ともな》ってきたのはニアレイズの王子に差し向けた医師だった。

片眼鏡の医師——ラジャ・ステインの表情が優れない。

それに胸騒《むなさわ》ぎを覚えながらディオンは訊《たず》ねた。

「何かあったのか？」

その問いに若い医師は考えるように眉を寄せて答えた。

「エリシャ王子の体調については落ち着いています。しかし――」

「しかし？」

「――誰かニアレイズの国の内情に詳《くわ》しい者を紹介《しょうかい》していただけないでしょうか？　特に王族への教育全般《ぜんぱん》について」

「なに？」

思いも寄らない申し出にディオンが瞬《まばた》きをする。宰相が首を傾《かし》げて医師に言う。

「なぜ、その必要が？」

宰相からの問いに、医師が少し躊躇《ためら》ってから答えた。

「――エリシャ王子は、第二性について全く知りませんでした」

「は？」

「なに？」

医師からの言葉に驚《おどろ》きの声が出る。この世界で第二性――正式名称《めいしょう》「バース性」――について知らない者がいるとは俄に信じ難い。教育を受けずとも、生きていれば自然と「第二性」という存在があることを知る筈《はず》だ。驚きの声を向けられて、肩《かた》を竦《すく》めるようにしながら医師は言葉を続けた。

「どうやら体の発育が遅《おそ》かったことに関係があるようですが、発情期もまだ来たことが無いそうです。第二性について知らず、Ω性だという自覚も無かったため首輪も着けていなかったようです。――それに加えて、エリシャ王子の口振《くちぶ》りからすると、ニアレイズの国には首輪を着ける習慣は無かったようです。どうしたら、そんな状態で国が統治出来るのか実に疑問です」

「――発情期が来ていない？」

思わずその言葉を繰《く》り返せば、医師から静かな頷《うなず》きが返った。

宰相が驚いたように目を見開いて、ディオンを凝視《ぎょうし》する。

幼い時から他者を屈服《くっぷく》させ威《い》圧《あっ》することさえ出来る芳香《ほうこう》を発するα性と違《ちが》い、Ω性が芳香を発するようになるのは、初めての発情期を迎《むか》えた後だ。

発情期が訪《おとず》れる以前のΩ性は、β性と変わらずに日常を送る。

発情期以前のΩ性をβ性の中から発見して、選別するのは至難の業《わざ》だ。

――だと言うのに、ディオンはニアレイズの王子の項に噛みついた。

他《ほか》のα性が誰も気づかなかった香りに誘《さそ》われて、我を忘れて牙《きば》を立てた。

それがどういうことなのか――第二性が当然のように浸透《しんとう》しているこの国で分からない者はいない。

じわりと嫌《いや》な汗《あせ》が滲《にじ》み、心臓の鼓動《こどう》が早くなる。

宰相が信じ難いという声で口を開いて呟《つぶや》く。

「まさか、あの王子は――陛下の『運命』だと？」

掠《かす》れた声で言う宰相の言葉に、断罪されたような思いでディオンは目を瞑《つぶ》る。

運命の番《つがい》。

常識も理性も飛び越《こ》えて、どうしようも無く惹《ひ》かれ合うα性とΩ性に付けられた特別な呼び名。この世のどこかに存在する「運命の番」と出会うことが出来る者は稀《まれ》だ。出会えば奇跡《きせき》だと言われ、おとぎ話のように語られる「運命の番」。

出会ってしまった二人が、どれほど強い力で惹かれ、恋《こい》に溺《おぼ》れていくのか。その様をディオンは嫌というほど知っている。知りたくもないほど、どうしようも無い恋路《こいじ》。

嚙《か》みついて気を失った細い体を抱き上げた時に、思い浮《う》かべてあえて無視したその言葉を吐《は》き捨てるように口にする。

「――俺に『運命の番』が？」

皮肉を込めて呟いたディオンの言葉に、宰相と医師が押し黙《だま》る。そのままディオンは淡黄色《たんこうしょく》の双眸《そうぼう》を壁《かべ》に向けた。

立派な額縁《がくぶち》の中に収められた一枚の絵。

そこにはディオンと面差《おもざ》しの良く似た金獅子《きんじし》が描《えが》かれている。

今は亡き、シリオンの先王。

ディオンの父親である、ルドルフ・グリフ・リッジウェイだ。

その立派な肖像画《しょうぞうが》を見つめながら、ディオンは憎々《にくにく》しげな声で言う。

「――よりにもよって」

シリオンの先王の死因は、表向きには心臓の病とされている。

しかし、実際は「運命の番」に先立たれて錯乱《さくらん》した上での自死だったことを知っているのは

――極わずかだ。

第二章

夢を、見る。

普段《ふだん》は卑屈《ひくつ》なぐらい、大袈裟《おおげさ》にエリシャを敬って育てていた乳母《うば》のルーナが、表情をみるみる曇《くも》らせてから金切り声で責め立てる言葉を上げる。

「まさか『獣憑《けものつ》き』だったなんて——！　この嘘吐《うそつ》き！　嘘吐き！　嘘吐き！」

知らなかっただけだ。騙《だま》すつもりは無かった。そんな弁明をするより先に、ハッと目が覚めるとびっしょりと体中に汗を掻《か》いていた。

眠《ねむ》っていたのに、どくどくと心臓の音がうるさい。寝台《しんだい》から体を起こして、胸元《むなもと》を押さえて必死で呼吸を落ち着ける。

——大丈夫《だいじょうぶ》だ。ルーナは、もうこの世にいない。だから、エリシャが「獣憑き」だったなんて知る由も無い。

乳母はある朝、寝台の上で冷たくなっていた。

年金は疾《と》うに打ち切られていて、二人で身を寄せ合うように暮らしていた中で、ついに一人きりになったという事実に、エリシャは目の前が真っ暗になった。

そんなエリシャに追い打ちをかけたのは、近くの町の住人たちの反応だった。それなりに付き合いがあった筈なのに、彼らは「半獣」の乳母を町の共同墓地に入れることを酷《ひど》く渋《しぶ》り、葬《そう》儀《ぎ》を行うことすらも拒《こば》んだのだ。

あまりのことに呆然《ぼうぜん》とするエリシャを見かねて手を貸してくれたのは、町外れに住む元猟師《りょうし》の老人だけだった。彼の手伝いで簡素な葬儀を上げ、二人で家の裏手に掘《ほ》った墓穴に、献身《けんしん》的だった乳母を埋葬《まいそう》した。

――死んで骨になれば、「半獣《はんじゅう》」も「ヒト」も関係ないのになぁ。

変わり者と呼ばれていた老人が、ぼそりと呟いた言葉だけが耳の中に残っている。

全くその通りだと思うけれど、エリシャが何を言ったところで、「出来損《そこ》ない」の僻《ひが》み言と相手にもされないだろう。死ねば同じかも知れないけれど、生きている限り肩書《かたが》きは蔦《つた》のように絡《から》みついてくる。

――息が詰《つ》まる。

溜息《ためいき》を吐き出して、首筋の汗を掌《てのひら》で拭《ぬぐ》うと寝台に身を横たえる。

静まりかえった部屋の中は、沈黙《ちんもく》が痛いぐらいだ。

汗で体の表面は冷えているのに、体の芯《しん》が妙《みょう》な熱を帯びている。シリオンに到着《とうちゃく》した日から――エリシャはずっと気だるさと微熱《びねつ》に苛《さいな》まれていた。

王との謁見《えっけん》から五日。

すぐにニアレイズへ送り返されることは無いだろう、と医師のラジャが言った通り、エリシャの身は未《いま》だにシリオンの王城にあった。ニアレイズの王族のために用意された部屋は、引き続き仮住まいになっている。きちんと三食が供され、部屋の中の調度品は立派なものだが――お世辞にも居心地《いごこち》が良いとは言えなかった。

ニアレイズから来たヒト族の王子、というだけでシリオンの王城に仕える使用人たちからのエリシャの評判は頗《すこぶ》る悪い。

体調を崩《くず》していることも、エリシャにとって災いした。

獅子族が好んで食べるこってりとした肉料理は、エリシャの胃に凭《もた》れて仕方がない。そもそも、質素に慣れているエリシャの体は材料をふんだんに使った肉料理を受け付けなかった。申し訳なく残した食事のせいで、「ヒト族様のお口には獅子族の料理は合わないようで」と使用人から慇懃《いんぎん》無礼な嫌味《いやみ》が飛んで来た。詫《わ》びの言葉を告げるよりも先に、当の使用人はそそくさと退出してとりつくしまも無い。それがエリシャの食欲《しょくよく》を減退させるのに一役を買っていた。

これならば、いっそどこかの部屋に監禁《かんきん》してくれた方が気楽である。

嫌々《いやいや》という態度を隠《かく》さずに接してくる獅子族の使用人たちの顔を見るのは気が滅入《めい》るし、そもそもエリシャは命令をすることになど慣れていない。結果として気まずい沈黙が続くばかりで、「気高きヒト族の王子様は、獅子族と口を利《き》くのもお嫌なようで」と嫌味が飛んできたのは今日のことだ。

朝が来るのを考えるだけで憂鬱《ゆううつ》になる。

そのまま、胃のあたりを押さえるようにして丸くなった。ここのところ、こうやって真夜中に目を覚まして、体を丸めながら起床《きしょう》の時まで微睡《まどろ》むのがエリシャの習慣だった。

エリシャが「獣憑き」――Ω性だと知ってから、その事実を亡《な》くなった乳母に責められる夢ばかりを見る。

自身が「半獣」であることを嫌《きら》っていた乳母は、「ヒト族」というものに過剰《かじょう》な憧《あこが》れを抱《いだ》いていた。「半獣」であるルーナに世話をされることになったエリシャを哀《あわ》れみながらも、仮にもヒト族の「王族」の世話をすることを許された自身を誇《ほこ》りに思っていた。屈折《くっせつ》した誇りを持つ乳母は、きっと自身が「獣憑き」の世話をしていたと知れば半狂乱《はんきょうらん》になったことだろう。

――駄目《だめ》だなぁ。

知らないまま亡くなってくれて良かった、なんて後ろ向きな安堵《あんど》を抱いてしまう。自分の境《きょう》遇《ぐう》とその扱《あつか》いに打ちのめされてきた乳母を、最後の最後で更《さら》に絶望に落とすのはエリシャも気が引けた。

――本当に、私は駄目だなぁ。

生まれてこの方、誰《だれ》かの期待に応《こた》えられたことが無い。

人質《ひとじち》としての価値は無く、王族としての責務を果たす能力も無く、意図した訳ではないけれど唯一《ゆいいつ》親身になって世話をしてくれた乳母を騙したまま逝《ゆ》かせてしまった。

そんな自分が――嫌になる。

自己嫌悪《けんお》で沈《しず》んだ意識と共に、浅い眠りがやって来た。あまりよく眠れていないせいで、すぐに眠くなるのはいつものことだ。そして夢と現実が入り交じったような――妙な夢を見る。

ふわりと漂《ただよ》う南国の果実に似た甘酸《あまず》っぱい香《かお》り。それと共にやって来る夢は、真夜中にエリシャの目を覚まさせる夢より、ずっと優《やさ》しい。


「――エリシャ？」


低い声が、名前を呼ぶ。

その声が心地《ここち》よくて、ほっと息を吐《は》く。

柑橘《かんきつ》系のすっきりとした香りが、すっと気持ちを解《ほぐ》してくれる。

これが夢だと分かるのはエリシャの名前をただ呼ぶ人など、この世のどこにも存在しないからだ。小さい時は「そこの」「白いの」と呼ばれ、生涯《しょうがい》仕えてくれた乳母は最後まで敬称《けいしょう》を外さなかった。そして、今――シリオンでは「王子」と呼びかけられる。

エリシャをエリシャと呼んでくれる声など無い。

あるはずが、無い。

だから、これはエリシャの願望が生んだ夢なのだろうと思う。

ヒト族以外の毛並みのある大きな掌。それが額に触《ふ》れて、確かめるようにエリシャの顔の輪《りん》郭《かく》をなぞった。

たったそれだけのことなのに、体の芯がとろけるような心地よさを感じて、身を寄せるようにして笑う。

エリシャが欲しいものなんて、ずっと簡単で単純なものだった。

他《ほか》の誰でもなくエリシャ自身の名前を呼ぶ声と、躊躇《ちゅうちょ》無く触れてくれる掌。眠る時のささやかな子守歌《こもりうた》。

ただ、それだけ。

思いながら顔の輪郭をたどった掌が優しく首筋を撫《な》でるのに促《うなが》されるまま、深い眠りの中に落ちていく。

芳醇《ほうじゅん》な檸檬《レモン》の香り。それを嗅《か》いでいると、不思議と体に宿った熱がじわりと広がって、息をするのが楽になる。

――良い夢だ。

本当に、良い夢。

ずっと醒《さ》めなくて良いくらいに、良い夢。

そんなことを思いながら、エリシャの意識はすっと夜の中に溶《と》けた。

＊＊＊＊＊

ディオンの知る限り、先王にして父親のルドルフは決して暗愚《あんぐ》な王では無かった。民《たみ》に重税を課すことも無く、無益な争いを起こすことも無かった。

ただ、少しばかり艶福家《えんぷくか》ではあった。

王妃《おうひ》の他に、側妃を四人――全員がΩ性だった――を娶《めと》り、その間にそれぞれ一人ずつ子を儲《もう》けていた。その中でディオンは先王と、その王妃の間に産まれた長子にあたる。王であるということ、それにα性ということを合わせれば、複数の伴侶《はんりょ》を持つことは珍《めずら》しいことでも無かった。多少、色欲《しきよく》が深いことはあっても、それぞれの伴侶の扱いは平等だったし、それぞれのΩ性の発情期にも平等に付き合っていたこともあり、妃たちの仲も良好だった。

その平和が崩れたのは、ディオンが跡継《あとつ》ぎとして教育を施《ほどこ》され多少なりとも政《まつりごと》を任されるようになった頃《ころ》――視察先で、先王が「運命の番《つがい》」を見つけた時からだ。

王城へ攫《さら》うように「運命の番」を連れ帰った先王は、王としての責務も、妃たちの伴侶としての責任も、何もかもを放棄《ほうき》して「運命の番」に溺《おぼ》れた。

一国の王が「運命の番」を見つけたとはいえ、色事に溺れて政を放り出すなど、外聞が悪いにも程《ほど》がある。

病気療養《りょうよう》ということで表向きに取り繕《つくろ》いながら、ディオンは度が過ぎる「運命の番」への寵《ちょう》愛《あい》に何度も苦言を呈《てい》した。けれども、それが受け入れられることは一度も無かった。

そんな日々の終わりは、唐突《とうとつ》にやって来た。

生来、病弱だったという先王の「運命の番」が亡くなったのだ。

王の「病気療養」の実態を知る者たちは、不謹慎《ふきんしん》ながら胸《むね》を撫で下ろした。いくら惹《ひ》かれ合う「運命」だと言っても、相手が死んでしまえば、どうしようもない。王もいずれ立ち直り、以前のように振《ふ》る舞《ま》うだろう。

――そんな周囲の思惑《おもわく》とは裏腹に、王の喪失《そうしつ》への慟哭《どうこく》はいつまでも止《や》まなかった。

その頃、もう実質的に王として采配《さいはい》を振《ふ》るようになっていたディオンは、とても王とは思えぬ態度を見かねて父を詰《なじ》った。

「いつまでそうしているつもりなのですか」

一度、番になってしまえばΩ性の方から、その関係を解消することは出来ない。何よりα性に番関係を解消されたΩ性は衰弱《すいじゃく》が激しく、よほどの事がない限り、番の解消は許される物ではなかった。

長年よく仕えてくれた妃たちのことを思いやってなのか――それとも、他に番関係を結んだΩ性がいることなど忘れ去っていたのか、父は妃たちとの番関係を解消していなかった。しかし、関係を解消しなかっただけで、妃たちのところへ足を運ぶことは決して無かった。

Ω性はα性の愛情無しに生きられない。

目に見えて減った番である王の接触《せっしょく》と愛情に、妃たちの衰弱と消耗《しょうもう》は激しかった。「運命の番」が亡くなった後も、自分たちを顧《かえり》みる気配の無い王の態度に、妃たちの絶望はますます深まった。

ディオンが動いたのは、ついに一番末の弟の母にあたる側妃が倒《たお》れたと聞いたからだ。父が「運命の番」と蜜月《みつげつ》を過ごした部屋は、悲しみの感情に任せて暴れ回ったらしい父のせいで惨憺《さんたん》たる有様になっていた。

砕《くだ》け散った陶器《とうき》の破片《はへん》。折れ曲がった家具の脚《あし》。爪痕《つめあと》の残る壁《かべ》。引き裂《さ》かれた毛布や、紗《しゃ》の繊維《せんい》が散らばって埃《ほこり》っぽい。

その部屋の中心に、呆然《ぼうぜん》とうずくまっている父の姿。

毛並みも、獅子《しし》族の誇りというべき鬣《たてがみ》も、ぼさぼさで——着ている服すらいつから着替《きが》えていないのか分からない。ただ呆《ほう》けたように虚空《こくう》を見つめ続ける父は、とてもかつて一国の王として堂々と采配を振っていた人と同一人物とは思えなかった。

そんな父に苛立《いらだ》ちを覚えて、ディオンは畳《たた》みかけて言った。

「『運命の番』を失って傷心しているのは百も承知です。政に無理に復帰しろとは言いません。——ただ、父上には亡くなった『番』以外にも、義務を負う者たちがいるのをお忘れではありませんか」

父がのろりと頭を動かして、ようやく視線をディオンに向けた。

瞳《ひとみ》の焦点《しょうてん》が合っていない。

ディオンを見ている筈《はず》なのに、その視線が遥か後ろへと素通《すどお》りしている。そんな奇妙《きみょう》な心地を味わうディオンに向けて、父は掠《かす》れた声で投げやりに呟《つぶや》いた。

「知らん」

「——父上？」

思わず聞き返したディオンに向けられたのは、最悪の言葉だった。

「儂《わし》の本当の『番』は一人だ。偽《いつわ》りの番に用は無い——どうなろうと知ったことか」

「——父上！」

あまりにも勝手な父の言動に、カッと頭に血が上る。

確かに、ディオンの母親を含《ふく》む妃たちは、父の「運命」では無かったかも知れない。けれど、妃という身分を与《あた》え、その命を預かる番契約《けいやく》を交《か》わしたのは、他ならぬ父自身の意思だ。そして何より、妃たちは王を尊重し愛していた。「運命の番」を亡くした父が、こうして好きなだけ呆けていられるのは、他ならぬ妃たちが傷心の父を気遣《きづか》って庇《かば》っているからだ。それなのに——妃たちをただ一言、偽物《にせもの》と片付ける父の言動は見過ごせなかった。

激昂《げきこう》するディオンに、淀《よど》んだ瞳を向けて父王は低い声で呟いた。

「いつか——お前にも分かる」

「——分かりたくありませんね、一生」

あなたのようになるぐらいなら、俺は番なんていらない。

そう吐き捨ててディオンは父王の元を去った。

それがディオンと父王の最後の会話だった。

翌日、父王は「運命の番」と過ごした部屋の真ん中で首を掻《か》ききって死んでいるところが侍《じ》従《じゅう》長によって発見された。父王の死は「かねてからの病気が悪化」ということで諸国に発表し、死者の意向ということで国葬《こくそう》も慎《つつ》ましく終わらせた。その後、残された妃たちが、一人また一人と先王の後を追うように亡《な》くなり――最後の妃が亡くなったのを見届けた時に、ディオンは決めたのだ。

絶対に、父のようにはなるまいと。

それなのに――。

「……よりにもよって」

触《ふ》れていた体から、力が抜《ぬ》けて呼吸がゆっくりと深いものになっていく。夜の中でも、ぼんやりと浮《う》かび上がる白銀の髪《かみ》と白い肌《はだ》。目は閉じられたままで、石榴《ざくろ》のように赤い瞳は見えない。

掌《てのひら》にわずかにすり寄るようにして、体を丸めたまま眠《ねむ》ってしまったニアレイズの王子を見つめて――ディオンは溜息《ためいき》と共に呟《つ》いた。

相手が無事に眠りに就いたと分かれば、途端《とたん》に漂《ただよ》う熟《う》れた芳香《ほうこう》に理性を手放してしまいそうになる。暗闇《くらやみ》でも分かる白い肌の、無防備に晒《さら》された首に自然と目が吸い寄せられて、奥歯をきつく嚙《か》みしめた。

包帯は取れたようだが、ディオンが嚙みついた後は、瘡蓋《かさぶた》になって残っている。

医師が首輪を渡《わた》したそうだが、眠る相手は着用をやんわり拒《こば》んだらしい。

首輪を着ける、ということは不特定多数の$α$性から身を守るのと同時に、自身のΩ性を喧伝《けんでん》するのに等しい。

それも無理のないことだと思う。ニアレイズでの第二性の取り扱《あつか》いを知れば知るほど——むしろ、その性を目覚めさせてしまったことに対する後悔《こうかい》しか湧《わ》かない。

ディオンは小さな声で、もう一度同じ台詞《せりふ》を口にする。

「……よりにもよって」

ニアレイズの処刑《しょけい》された先王には、三十九人も子がいたのだ。

それなのに、どうして送り込まれてきたのが目の前の相手だったのか。

再び溜息を吐《つ》きながら、ディオンはエリシャの額に触れる。

獅子族のそれと違《ちが》い、つるりとした肌だ。

汗《あせ》が滲《にじ》んだそこは、ディオンにも分かるぐらいの熱を持っている。

滞在《たいざい》初日から続くエリシャの体調不良の原因は、恐《おそ》らくディオンが項《うなじ》を嚙んだせいだろう、というのが医師の見立てだった。「運命の番」に項を嚙まれたことで、今まで未成熟だった第二性に何らかの影響《えいきょう》を与えたのではないか——というのだが、確証は無いらしい。

けれど、ディオンが全くの無関係ということは無いだろう。

そんな確信がある。

エリシャの白い項を初めて見た時の、あの衝撃《しょうげき》のような衝動を未《いま》だに鮮明《せんめい》に覚えている。

自分を律することには慣れていた。

残された妹弟《きょうだい》たちの身の振り方が決まるまでは独身を貫《つらぬ》くつもりだったし、父王のような例を知っているから一時の色の欲《よく》に負けて番《つがい》を作ることもなく――「Ω嫌《ぎら》い」と揶揄《やゆ》されるほど、禁欲的に生きてきたのだ。

それが、たった一瞬《いっしゅん》で突《つ》き崩《くず》された。

思い出したのは濁《にご》った父の声だった。

いつか――お前にも分かる。

呪《のろ》いのような言葉が耳の奥に蘇《よみがえ》って、心の底からぞっとして距離《きょり》を取ることに決めた。

――あの王子には、二度と会わない。

そう宣言した時の――医師や宰相《さいしょう》の複雑そうな表情の意味がよく分かる。砂漠《さばく》の中で探し出す一粒《ひとつぶ》の砂金にも等しいと呼ばれる「運命の番」。それに出会ってしまえば、歯止めなど利く筈が無かった。

「――エリシャ」

呼びながら、額に触れていた手を頬《ほお》に移動させれば、気持ちが良さそうに頬をすりつけてくる。穏《おだ》やかな呼吸に耳を澄《す》ましながら、ディオンは溜息を吐いた。

エリシャが滞在を始めてからずっと、こうして夜中に忍《しの》んで会いに来ているなど、不甲斐《ふがい》ないにも程がある。

ただ、最初に訪れた夜。

紗の降りた天蓋《てんがい》付きの寝台《しんだい》の上で、エリシャは酷《ひど》く魘《うな》されていた。

最初は起きているのかと思うほど、口から溢《あふ》れ出て止まらない言葉たち。それらはどれも、謝罪の言葉だった。

――ごめんなさい。ごめんなさい。ごめんなさい。許して。騙《だま》してたわけじゃない。知らなかった。ごめんなさい。許して。ルーナ。許して。

広い寝台の真ん中で、出来る限り体を縮めて布団《ふとん》の中にうずくまる相手を見て、胸の中心を抉《えぐ》られたような気がした。どうしようもないほど可哀想《かわいそう》で――たまらないほど可愛《かわい》らしかった。

だから、思わず相手の頬に手を添《そ》えてその名前を呼んだ。

その夜から、逢瀬《おうせ》とも呼べない逢瀬はずっと続いている。どうやらエリシャがディオンの存在を夢だろうと思いこんでいるのに気付いたのは、すぐのことだ。それに甘んじて名乗り出ることもしないまま――ずるずると、あくまで「賓客《ひんかく》」としての滞在を引き延ばしている。

「――俺のせいで」

エリシャの第二性を引きずり出したのはディオンだ。

謝罪すべきなのは自分だと分かっていながら、あの熟れた石榴のような瞳を正面から見つめたが最後――理性を保っていられる自信が無かった。

自分の第二性が「β性」だと疑いなく育ってきた相手にしてみれば、発現しなかった原因はどうあれ本当の第二性が「Ω性」であったのは青天の霹靂《へきれき》だろう。何より、ニアレイズでの「α性」と「Ω性」への迫害《はくがい》を知ってしまえば、なおさら「Ω性」だということが分かった時の本人の衝撃が想像出来る。

異種族への差別意識は百歩譲《ゆず》って分からなくも無いが、単なる生理現象を「獣《けもの》じみている」と蔑《さげす》んで、他《ほか》ならない同族を差別して迫害出来る心持ちが分からない。

講和条約に盛り込んだ各国への賠償《ばいしょう》金は、税の引き上げで賄《まかな》われることが決まったらしく、元から決して裕福《ゆうふく》とはいえなかった下層階級の者たちは貧困に喘《あえ》ぎ、こぞって国を逃《に》げ出しているらしい。とはいえ、先の戦争によるヒト族への悪評により、どこの国へ逃げても歓迎《かんげい》されず、国境付近の山や森の中に紛《まぎ》れるようにして身を潜《ひそ》めているそうだが。

それに加えて、ニアレイズでのα性とΩ性への迫害を知ってしまえば、エリシャをニアレイズへ送り返すという選択肢《せんたくし》は既《すで》に無い。

しかし、これ幸いとディオンが腕《うで》に抱《かか》えて良いものだろうか。

体の成長が未熟だったことと関係してか、エリシャはΩ性としての嗅覚《きゅうかく》も未発達らしい。他のα性やΩ性の匂《にお》いを感じ取れないことはもちろん、かろうじて分かるディオンの香《かお》りにさえ、それほど強烈《きょうれつ》に惹《ひ》かれているということは無いらしい。

番などいらない、と言い放った罰《ばち》でも当たったのか。

ディオンの方は理性を手放してしまいそうなほど、惹かれて焦《こ》がれて感情を持て余しているというのに。「運命」である筈《はず》の相手は、そもそも「運命」というものすら認識《にんしき》していない。

――このまま、手放してやるべきでは無いだろうか。

ニアレイズで生まれ育ったエリシャに、獅子《しし》族のディオンの番になれと言うのは、相当な無理難題だろう。そもそも、あの国は種の繁栄《はんえい》を妨《さまた》げるとして同性愛を固く禁じている。あの国の言葉を借りるならば、「獣憑《けものつ》き」の「男色家」だ。迫害の対象であり罪悪だ。

相手が今までの人生で築き上げてきた価値観を根底から覆《くつがえ》して、それが許されると思うほどディオンは傲慢《ごうまん》になれない。

何より一番の理由は、父のように目の前の相手に我を忘れて溺《おぼ》れてしまいそうな自分が怖《こわ》かった。

白い肌。赤い瞳《ひとみ》。獅子族に比べると、華奢《きゃしゃ》過ぎるヒト族の青年に、全身で縋《すが》り付く無様な自分を思い浮かべてぞっとする。

その想像を否定出来ない自分が何より恐ろしい。

「──エリシャ」

相手が夢うつつの時しか呼んだことの無い名前を口にする。

それに眠る相手が小さく身じろいだ。

数日前に自分が歯を立てた瘡蓋が残る無防備な白い項に顔を寄せる。

──番契約《けいやく》は、まだ成立していない。

恐らく、エリシャのΩ性が目覚めていなかったせいだろう。不幸中の幸いというべきか、なし崩しに番になってしまえば、こんなに悩《なや》むことも無かっただろうという気持ちが無くもない。

白い項に、鼻先を押し当てた。

蠱惑《こわく》的な石榴《ざくろ》の香り。それにどうしようもない欲をかき立てられながら、ディオンはきつく目を瞑《つぶ》った。

＊＊＊＊

──どうやらエリシャの体調不良は、エリシャが思っていたよりも深刻なものだったらしい。

数日ぶりに部屋を訪れた医師のラジャから受けた説明が、上手《うま》く飲み込めないままでいる。

瘡蓋になってしまい、すっかりと忘れかけていた項の嚙《か》み痕《あと》。

ラジャによると、それがエリシャの体調不良の原因らしい。

──今まで眠《ねむ》っていたΩ性が、α性に噛まれた刺激《しげき》で正常に働き出している。

そんな説明と共に、初心者向けに書かれたバース性の医学書を受け取ってから、エリシャはずっと気が重い。

バース性と呼ばれるものを、まだ理解出来ているとは言えない。理解しているのは、三つの分類があり、その中のΩ性に自分が属しているということ。そして、Ω性であれば男性でも妊《にん》娠《しん》・出産が出来るということ。

──診察《しんさつ》をさせてくれませんか。私はヒト族ではありませんから不快かも知れませんが、バース性についてはヒト族の医者よりも知識があります。

そんな申し出を結局、エリシャは断ってしまった。こちらを気遣《きづか》っての申し出にそんな対応をしてしまった申し訳なさが胸を重くする。

別にラジャが獅子族だから診察を断った訳ではない。

──エリシャの体が「出来損《そこ》ない」だからだ。

たとえ、エリシャがΩ性だったとして、その機能がまともに備わっているとは思えなかった。

寝台の上。布団を頭から被《かぶ》ってすっぽりと身を包んで体を丸める。

いつか騎士《きし》団長に説明した通り、ニアレイズの王位継承《けいしょう》権の付与《ふよ》条件は単純なものだ。

尊い血筋を一人でも多く残すことが出来た者。

逆に言えば、尊い血筋を残すことに貢献《こうけん》することが出来ない者は役立たず以外の何者でもない。元から体の発育が遅《おそ》かったエリシャは、性器の発達が未熟で、いつまで経《た》っても精通を迎《むか》えることが無かった。それは今も同じだ。大人になれば生える筈の体毛も薄《うす》いまま、今も子どものようにつるりとした肌《はだ》をしている。

王位継承者になれる見込みが無い、と診断《しんだん》を下した医師は露骨《ろこつ》な軽蔑《けいべつ》を隠《かく》さなかった。その日から、元から期待の薄かったエリシャへの扱《あつか》いは空気のようなものになった。そして、いよいよ城から出される日——。

何の気まぐれなのか生まれて初めて謁見《えっけん》することになった父王からの言葉が、今も頭の中で響《ひび》いている。

「——俺の種から、こんな出来損ないが産まれるなんてな」

それがエリシャが父親から唯一貰《ゆいいつもら》った言葉だ。

乳母《うば》に「半獣」であるルーナが選ばれたのも、「出来損ない」に対しての軽侮《けいぶ》の表れだった。王位継承者の候補から外れたエリシャを、それでも「ヒト族」で王の血筋を引いていると崇《あが》めるように育てていたルーナに対して息苦しさを感じなかったと言えば嘘《うそ》になる。

崇められる価値など無い。

所詮《しょせん》、エリシャは出来損ないだ。「半獣」と蔑まれながら、それでもきちんと生活を送り、日々の糧《かて》を得ている乳母の方が、エリシャなんかよりよっぽど優《すぐ》れているし立派だった。

けれど、乳母の夢を壊《こわ》すような気がして——何より乳母からも、あの落胆《らくたん》した軽蔑を向けられるのが怖くて、結局エリシャはそれを言い出せないままだった。

――嫌《いや》だ。

物みたいに体を検分されて、最後には「出来損ない」の評価を下されたことが嫌でも脳裏《のうり》に蘇《よみがえ》る。第二性がまともに機能していない自分が、第二性――Ω性が機能しているとは、とても思えなかった。

今のところ診察を断っているが、この状態をいつまでも続けられるとも思えない。人質《ひとじち》とはいえ国で預かっている客の体調不良が続いているとなれば、見過ごす訳にもいかないだろう。

――嫌だ。

落胆や失望、それに軽蔑。一生分それらを受けてきたと思っていたのに、まだ自分に落胆する要因があったということに絶望する。

――嫌だ、本当に嫌だ。

こんな自分が、何よりも嫌だ。

体を丸めたまま、そんな言葉を繰《く》り返す。

そのまま沈《しず》む気分と一緒《いっしょ》に、眠りの中に沈んでいたらしい意識が浮上《ふじょう》したのは、いつものあの清々《すがすが》しい柑橘《かんきつ》系の匂いが鼻を擽《くすぐ》ったからだ。

「――エリシャ？」

布団《ふとん》の中に潜《もぐ》り込んでいたエリシャの頬《ほお》に、掌《てのひら》が触《ふ》れる。

温かい掌だった。

それが夢だと分かっているからこそ、今まで堪《こら》えてきたものが堪えきれずに口を衝《つ》いた。

「――もう、嫌だ」

もしかしたら寝言《ねごと》を呟《つぶや》いているのかも知れない。

小さな掠《かす》れ声。

それにエリシャの頬に触れていた掌が、戸惑《とまど》ったようにぴくりと動いて、それから――エリシャの名前以外の言葉を発した。

「何が嫌なんだ？」

問いかけに、自分から両手で掌を握《にぎ》って縋るようにしながら言う。

「私が――」

「……自分が？」

「私が、嫌だ」

ずっとずっと嫌で嫌で仕方がなかった。ぎりぎりで保っていた拮抗《きっこう》がいよいよ崩《くず》れて、曲がりなりに守ってきた自分というものが解《ほど》けていってしまうような心許《こころもと》なさが押し寄せてくる。

「なんで、私は、こんなに――」

出来損ない、なのだろう。

このまま朝が来なければ良いのに。

ずっと夢の中にいられれば良いのに。

どうせ祖国に送り返されたところで、手酷《てひど》い罵倒《ばとう》と共に処分される未来しか無いのだ。それならば、わざわざ他人の手を煩《わずら》わせることなく、ひっそりと寝台《しんだい》の上で冷たくなっていれば皆《みな》が安心するだろう。遺体の処理には困るかも知れないが、それでも生きてエリシャが帰るよりはよっぽど良いに違《ちが》いない。

「……本気で言っているのか？」

頰に触れる掌が、硬《かた》く強《こわ》ばった気がする。それから落ちてくる低い声も、いつになく硬質《こうしつ》な響きを持っていた。

薄く目を開くと、自分でも気付かない内に泣いていた。夢なのに、潤《うる》んだ視界と暗闇《くらやみ》の部屋がやけに現実的だった。自分の近くに立つ人の気配も、握った掌の感触《かんしょく》も。

エリシャの頰を伝った涙《なみだ》のせいでか握った掌の毛並みが湿《しめ》っている。滅多《めった》に握らせてくれることのなかった、乳母の掌の感触に良く似ている。違うことと言えば、エリシャの両手で握らなければならないほど、大きな掌だということか。

どうして、こんな夢を見ているのだろう。

そんなことを思いながらエリシャは口を開いた。

「私のことなんて、誰《だれ》も必要じゃないから」

乳母が亡《な》くなってしまえば、エリシャの存在を必要としている者など誰もいなかった。そして、そんな自分のことを、エリシャ自身も必要としていなかった。

本当なら出来損ないの身を恥《は》じて、自分から命を絶つべきだったのかも知れない。実際、不《ふ》妊《にん》を恥じて自死した者の話はニアレイズでは事欠かない。

そういった者たちを見習おうと何度思ったか知れない。一人きりになってから、試みようとしたことはあった。けれど、それはいつも決定的な行動にまで到《いた》らなかった。

誰からも必要とされていない。

それは痛いぐらいに分かっているのに、どうしても死にたくなかった。

自分で自分の命を絶つことが恐《おそ》ろしくて、身が竦《すく》んだ。

生きたい、と思う心に抗《あらが》うことが出来なかった。

──ヒト族が聞いて呆《あき》れる。

命にしがみつく本能を捨てられずに、未《いま》だにこうして生きているのだから、エリシャの方が「半獣《はんじゆう》」と蔑《さげす》まれた乳母よりよほど獣に近い。

何が出来る訳でもない。

それなのに、ただ生きていたい。

それだけだから──どうしようもない。

そんなエリシャの独白に、低い声が言った。

「──それなら、俺が貰《もら》っていいか？」

「……？」

思いがけない言葉に瞬《まばた》きをしていると、独特の柑橘系の匂《にお》いがぐっと濃《こ》くなった。酸味の中に含《ふく》まれた甘さに、頭がくらくらとする。

「なに……？」

自分の夢なのに、夢の相手に問いかけを発するというのは妙《みよう》な状況《じようきよう》だ。そんなことを頭の隅《すみ》で考えながら口にした言葉に、更《さら》に思いも寄らない言葉がかけられた。

「誰も必要としていない、というのは間違《まちが》いだ。俺は必要としている。――最初から、ずっと欲しかった。君自身ですら君を必要としないというのなら、俺が君を必要とする。だから、俺が貰う」

「――？」

「君のことを、俺が貰って構わないな？」

きっぱりと告げられる言葉。それにきょとんとしてから、エリシャは思わず小さく笑った。

こんなにも誰かに求められたいと思っていたのか、自分は。

眠《ねむ》りの中の幻《まぼろし》は、エリシャに都合の良いことばかりを言う。

そんなことを思いながらエリシャは、両頬を包む掌に頬をすり寄せながら答えた。

「――どうぞ」

エリシャで良いのなら、いくらでも。

そんな軽い気持ちで口にした言葉に対して、返ってきた声は不穏《ふおん》なほど真剣《しんけん》だった。

「――言ったな？」

撤回《てっかい》は認めない、と脅《おど》しのように言われて思わず笑う。

撤回なんて不要だ。

どうせ誰もエリシャのことなどいらないのだから、夢の中でぐらい好きに誰かにあげてしまっても構わない。

「どうぞ」

もう一度、そう言った途端《とたん》に両頬に触れていた掌が離《はな》れて、そのままエリシャの体を抱《だ》き起こす。はらりと毛布が落ちて空気が直接体に触れる。それにエリシャは瞬きをした。

これは、夢のはずでは――。

「エリシャ」

爽《さわ》やかな檸檬《レモン》の香《かお》り。酸味の中に、濃密《のうみつ》な甘さを含んだその香りが一段と濃くなって、ぞくりと背中に痺《しび》れが走る。

「あ――？」

これは夢なのか。それとも現実か。考えようとするエリシャの思考は、背中に走った痺れと共にぼやけて、甘美な快感に変わっていく。

「あ――」

これと似たような感覚を味わったことが無かっただろうか。

つい先日——あれは確か、王の——。

思い出そうとする努力は、遮《さえぎ》られた。エリシャの体に回された腕《うで》の力が強くなったからだ。自分のものとは違う、がっしりと厚みのある体。それから柔《やわ》らかい毛並みを感じる。

それから、頭の芯《しん》をとろけさせるような芳醇《ほうじゅん》な香り。

——温かい。

これは、本当に夢なのだろうか。それとも——。

この数日、体の中にずっとくすぶっていた熱が急に体の表面に上ってきたような気がする。ぎこちなく体を動かしたところで、甘酸《あまず》っぱい香りが更に増して頭がくらくらする。体に回された腕の一つがエリシャの後頭部に回されて、今度は顔に柔らかい毛並みを感じた。

「え——」

口を開くよりも先に、唇《くちびる》に何かが重なった。

皮膚《ひふ》に柔らかな毛並みの感触が直接伝わる。ぴったりと唇に当てられていた何かが、優《やさ》しく触《ふ》れて離れてを繰《く》り返す。薄《うす》い唇の皮膚に、柔らかい何かが触れ合うだけなのに、どうしてか心地《ここち》よくて体から力が抜《ぬ》けていく。抱き締《し》められた腕に知らず知らずに体を預けながら、芳香《ほうこう》と共に与《あた》えられる感触にうっとりと目を閉じる。

そんな時間がどれぐらい続いただろうか。

無防備に開いた唇の隙間《すきま》に、濡《ぬ》れた何かが入り込んで来た。

「――っ、ぁ？」

驚《おどろ》いて思わず、エリシャの体が跳《は》ねる。

ざらりとした弾力《だんりょく》のある柔らかいもの。宥《なだ》めるように唇の縁《ふち》をなぞるそれに、反射的に逃《に》げるエリシャの背中に回された腕は離れない。

そうして抱き締められていると、うっとりとした心地よさに体から力が抜けていく。

ぴちゃりと濡れた音を立てて、ざらついたそれが口の中にさらに深く入り込んでくる。歯列を優しくなぞる感触に、体から力が抜けていく。

「ぁ――あ」

吐息《といき》の中に、切れ切れの声が紛《まぎ》れ込む。どこまでも優しい刺激《しげき》が心地よくて、知らずに顎《あご》から力が抜けて、閉じようとしていた口が自然に開いていた。

歯列をなぞっていたそれが、舌を搦《から》め捕って優しく吸い上げる。そのまま上顎を丁寧《ていねい》に擽《くすぐ》る感触に、ぞくぞくと言葉に出来ない感覚が体の奥から這《は》い上がってくる。

「は――ぁ、あ」

切れ切れの息の合間に、溜息《ためいき》のような声がこぼれる。体にくすぶっていた熱が、じわりと体中に広がって肌《はだ》が汗《あせ》ばんでいる。心地の良い刺激に浸《ひた》っていたいのと、何かもどかしい、焦《こ》がれるような感覚に襲《おそ》われて、溜息が衝《つ》いて出る。

──甘い。

口の中が味わったことの無い極上《ごくじょう》の甘さで満たされて、目眩《めまい》がする。

全く知らない感覚だった。

開いた口から呼吸と共に、唾液《だえき》がこぼれて伝って落ちていくのが分かる。頭に響《ひび》くような濡れた音。そして、誰《だれ》かの息づかいと体温。

夢とは思えない現実感。

けれど、与えられるのは夢としか思えない心地よさだ。

──これは、私の夢では無かったのか？

誰かが必要として名前を呼んでくれる、都合の良い心地よい夢想。その夢の延長では無かったのだろうか。

混乱しながら腕をぎこちなく動かして、相手の体に手を這わせる。艶々《つやつや》とした柔らかな毛並みを感じた。ヒト族では無いことは確かだ。けれども、ヒト族であろうと、その他の種族であろうと、こんなことをエリシャにする相手に心当たりが無い。

そんな相手が、この世にいるはずも無い。

「──っ、だれ？」

唇が離れた合間に、切れ切れの息で問いかけた。使ったことの無い動きをしたせいで、舌が怠《だる》い。そのせいで舌足らずになった問いかけに、相手が一瞬《いっしゅん》だけ動きを止めて沈黙《ちんもく》する。

「——明日《あした》」

「——あした？」

「明日、迎《むか》えに来る」

簡潔な答えに疑問が頭を過《よ》ぎる。更に問いを発するよりも先に、唇を塞《ふさ》がれた。

「——ッ、ぁ、あ？」

そのまま舌を掬《すく》われて、柔らかく吸われたそれを舐《ねぶ》られる。途端に体から力が抜けて、頭の中を渦巻《うずま》いていた疑問が消えていく。

「っぅ、ぁ、あ——」

感じたことの無い快感と濃厚《のうこう》な芳香に体を震《ふる》わせながら、それに飲み込まれるようにしてエリシャは気を失った。

＊＊＊＊

「——ヒト族の王子様は、随分《ずいぶん》と優雅《ゆうが》なお目覚めのようで？」

慇懃《いんぎん》無礼な嫌味《いやみ》の籠《こ》もった声が聞こえて、うっすらと目を開く。寝台《しんだい》から下げられた紗《しゃ》の向こうには、誰かがいる気配がした。声からして、エリシャに対して一番嫌味たらしい態度を取る使用人だろう。名前すら教えてもらえないのだから、随分嫌《きら》われたものだと思いながら、横になったままエリシャはぼんやりと自分の唇に触れる。

心なしか、腫《は》れぼったく熱を持っているような気がした。

——昨日の、アレは。

寝台の上。真っ暗闇《くらやみ》の中。濃厚な柑橘《かんきつ》系の香り。エリシャの背中に回された力強い腕と、艶やかな毛並みの肌触《はだざわ》り。

それに包まれながら与えられた快楽。

伝う唾液の感触《かんしょく》と、荒《あら》くなる息遣《いきづか》い。

その中で呼ばれた、エリシャの名前。

——昨日のアレは、夢なのか？

毛布に包《くる》まりながら、そんなことを考える。

寝起《ねお》きのぼんやりとする頭では判断が付かない。気のせいか、いつもより体の芯が熱を持っていて熱い気がする。

無反応なエリシャに対して、紗の向こうから尖《とが》った声がした。

「獅子《しし》族とは口も利きたくありませんか。本当にヒト族ときたら、傲慢《ごうまん》さにかけては天下一品ですね」

エリシャが体調不良で臥《ふ》せていることは、使用人たちの間では周知の事実だ。けれども、紗を退《の》けてエリシャの体調を確認《かくにん》するつもりは相手に更々《さらさら》無いらしい。自力で起き上がって返事をするまで嫌味が続きそうだと分かっているのだが、なんだか体が芯から重く痺《しび》れているようで、上手《うま》く動くことが出来ない。口を動かすのも億劫《おっくう》だった。

黙《だま》っていれば相手の機嫌《きげん》が損《そこ》なわれて、ますますエリシャの立場が悪くなることだけは明白で困ってしまう。

身じろぎしながら、小さく返事をしようとしたところで、エリシャの体は強《こわ》ばった。

覚えのある、柑橘系の濃《こ》い匂《にお》い。

檸檬の香りだ。

鼻を掠《かす》めたそれに、まるで魔法《まほう》でも掛《か》けられたようにずんと体の奥の痺れが重みを増した。

「──客に向かって、なんて口の利き方だ？」

低い威嚇《いかく》するような声。

鼓膜《こまく》を叩《たた》くそれに、思わず息が止まる。

この声は、だって、夢では──。

エリシャの混乱をよそに、使用人のしどろもどろの弁明が聞こえる。

「いや、その、これは──」

呆《あき》れたような溜息の後に、低い声が続けた。

「どういう教育をされたら他国の王族に対して、そんな口が利ける？　どういう立場であれ客は客だ。賓客《ひんかく》の意味を理解していないのか？　一体、何を考えている？　ニアレイズの行いに対して憤《いきどお》るのは分かる。その延長で、ヒト族に対して良い感情を持てないのも仕方がない。だが、仕事は仕事だ。それが出来ないのなら、最初からこの役目に就《つ》くべきでは無いだろう」

淡々《たんたん》と容赦《ようしゃ》なく責め立てる声に対して、使用人の反論が細くなって消えていく。声が近付いて来るごとに柑橘の——檸檬《レモン》の匂いが濃くなって、エリシャは頭がくらくらした。

「失礼」

そんな言葉と共に、寝台を囲む紗が払《はら》われた。

エリシャは寝台に横になったまま、相手の姿を見て絶句した。

そこにいたのは、この国に到着《とうちゃく》した時に一度だけ姿を見た——赤毛の獅子だった。

「——陛下？」

目を見開いて掠れ声で問いかければ、相手は低い声で答えた。

「俺の城で無礼があってすまなかった」

「あ、いえ——」

問題ない、と答えるよりも先に、シリオンの国王を前に寝間着《ねまき》姿で横になったままの自分の姿にざっと血の気が引いた。慌《あわ》てて起きあがろうとするよりも先に、相手の腕《うで》が伸《の》びて来る。

そのまま毛布ごと体《だ》を抱き上げられた。

いっそう匂いが濃くなって、頭がぼうっとする。勝手に顔が火照《ほて》るのを感じながら、エリシャは何とか口を動かした。

「あ、あの、陛下？」

「エリシャ」

淡黄色《たんこうしょく》の瞳《ひとみ》に見つめられて名を呼ばれた途端《とたん》に、頭から爪先《つまさき》まで甘い痺れのようなものが走り抜《ぬ》けて絶句する。

「――っ」

小さく息を吐き出すのがやっとのエリシャの様子に目を細めて、相手が言う。

「迎えに来ると言っただろう」

「――え」

途端に思い出したのは、昨夜の濃密《のうみつ》な記憶《きおく》だった。

――アレは、夢では。

なんと口を開けば良いのか分からないエリシャを抱き上げたまま、降りていた紗を払って国王が寝台を出た。

蒼白《そうはく》な顔で部屋の隅《すみ》に止まっていた使用人が、国王の腕に抱かれたエリシャを見てぎょっとした顔をする。

それに、ようやくエリシャの口が動いた。

「陛下――あの、どちらへ――？」

「今日から君の部屋を移す」

端的《たんてき》な言葉に更《さら》に困惑《こんわく》が増した。それだけなら国王の手を煩《わずら》わせるようなことではない。自分で歩くから降ろしてくれ、と頼《たの》むよりも先に国王は大股《おおまた》に部屋を出た。

急な国王の登場に動揺《どうよう》しているらしく、勢ぞろいした使用人たちが腕に抱《かか》えられたエリシャを見て目を丸くしている。

それに一瞥《いちべつ》をくれて、王は言った。

「後で侍従《じじゅう》長から我が国の客に対する態度で確認がある。各自、準備をしておけ。この宮の責任者は早急に侍従長にところへ行くように」

言い渡《わた》された言葉に、ざわめきが起こった。

それに我関せずの顔をして、国王はその場を立ち去った。相変わらず、エリシャの体は国王の腕の中だ。

そのまま運ばれて連れて行かれたのは、王城の奥だった。

エリシャが滞在《たいざい》していた一角の使用人たちと違《ちが》い、こちらの使用人たちは国王がヒト族の王子を腕の中に抱えていることについて、動揺したり訝《いぶか》しんだりする者たちはいない。ただ慇懃に頭を下げて、道を空けていく。

やがてたどり着いたのは立派な扉《とびら》の部屋で、控《ひか》えていた使用人が静かに扉を開けると、一礼と共に扉を閉めた。

「――ぁ」

思わず声を上げたのは、部屋の中を満たす香《かお》りのせいだった。

濃厚でくらくらさせる柑橘系の匂いが、部屋の中には満ちていた。香《こう》か何か焚《た》きしめているのだろうか。けれど、部屋の中の空気よりも、エリシャを抱え上げている王からの匂いの方がずっと濃い。

濃くて、甘くて――溶《と》けそうだ。

酔《よ》ったように意識が遠ざかったのは一瞬《いっしゅん》だった。この部屋は何なのか。自分をどうするつもりなのか。今まで夢だと思っていた夜のやり取りは、本当にあったことなのか。聞きたいことは山のようにあるのに、言葉が上手く発せない。

そんなエリシャを立派で広い寝台《しんだい》の隅に座らせた国王が、そのまま膝《ひざ》を突いた。居心地《いごこち》悪く、包まれた毛布の端《はし》を摑《つか》んで、搔《か》き合わせて身を縮めるエリシャに対して国王は思いもかけない言葉を発した。

「俺の物になってくれるんだろう？」

発せられた声に肌《はだ》が粟立《あわだ》った。思い出したのは夢だと思いながら交《か》わした、真夜中の戯《ざ》れ言だった。

「アレ、は――」

夢では無かったのか、と問い返すよりも先の言葉が出てこなくて、呆然《ぼうぜん》とエリシャを見上げる淡黄色の瞳を見返す。

赤毛の獅子は、じっとエリシャを見つめながら言葉を続けた。

「撤回《てっかい》は認めないと言った。承諾《しょうだく》したのは君だ。だから、君はもう俺のものだ。そうだな？」

「え――」

頭が激しく混乱する。

昨日の一連のやり取りが夢で無いことは、今の王の言葉で証明された。

――けれど、どうしてエリシャなんかを欲しがるのだ？

エリシャを貰《もら》ったところで、何の得も無い。エリシャの祖国だって、人質《ひとじち》に出した「出来損ない」の王族のことなど、もう忘れているかも知れない。外交に利用することも出来ない。そもそも、無茶な侵略《しんりゃく》を仕掛《しか》けたニアレイズへの抑止力《よくしりょく》としての人質ならば――エリシャは最初から力不足だ。

王がエリシャを所有する意味など、無い。

そう口を開くよりも先に、王が言う。

「――エリシャ・ルクス・フォンティーナ」

両頰《りょうほお》に相手の手が添《そ》えられた。真っ直《す》ぐに見据《みす》えられて、視線の強さに思わず息を吞《の》んだ。

低い声が静かに告げる。

「他《ほか》の誰《だれ》も君を必要としていなくて、君ですら君を必要としなくても――俺が君を必要とする。

俺には君が必要だ」

告げられた言葉は、あまりにも予想外でエリシャの頭の中が真っ白になる。

「──なん、で？」

エリシャなんて、必要とする理由が見あたらない。

思わず口からこぼれた言葉に、相手が目を細めて言った。

「──分からなくていい」

少しだけ苦しげな顔で、相手がそう言う。

エリシャの混乱は頂点に達した。

明確な理由と共に拒絶《きょぜつ》をされた過去はいくらでもある。けれども、求められたことは一度もない。それが理由も無く、となれば──その方がよっぽど怖《こわ》い。

思わず体を後ろに引こうとしたところで、両頰に添えられたままの相手の掌《てのひら》にそれを阻《はば》まれる。そのまま、ぐっと顔が近付いた。途端に、香りが濃《こ》くなって、くらりと目眩《めまい》がする。

尾《び》てい骨から項《うなじ》にかけて、ぞくぞくとした──何かよく分からないものが走り抜けて力が抜ける。やっとの思いでエリシャは口を開いた。

「な、に──？」

「エリシャ」

名前を呼ばれると、息が止まる。

どうしたら良いのか分からない。

硬直《こうちょく》したままのエリシャの顔を、そっと上向きにすると王の顔がますます近付いた。

そのまま、唇《くちびる》に何かが触《ふ》れる。

真夜中に感じたものと同じ。ヒト族と違う、毛並みの感触《かんしょく》。それに包まれながら、エリシャは呆然とした。

柔《やわ》らかいものが唇を割って、口の中に入り込んでくる。

「っ、ぁ――？」

エリシャの頭は一瞬、真っ白になった。

――これは確か、口付けと呼ばれる性行為《せいこうい》の一つではないだろうか。

昔、まだ王城にいた頃《ころ》に閨《ねや》のための座学で習った。それが実施《じっし》授業に移る前にエリシャは城を出されたけれど。

「ん――ぇ？」

これは性行為の前段階やその合間にするものであって、それ以外の目的もなく無闇《むやみ》にするものではなかったのでは無いだろうか。

エリシャの常識では、性行為というものは男女がするものである。

エリシャは一応だけれど男性で、国王もれっきとした男性の筈《はず》だ。

そうなると、どうしてこんなことをしてくるのか――理解出来ない。

先ほどの発言も、今のこの行動も。王の戯《たわむ》れだとしても度を越《こ》えている。思いながら口の中

をかき乱されていくのに徐々《じょじょ》に息が上がっていく。唾液《だえき》が口の端《はし》から落ちて、首筋を伝っていくのが分かる。

「――ぁ、あ」

微《かす》かにこぼれる息の隙間《すきま》から、妙《みょう》な声が上がる。

今まで口にしてきたどんな物よりも、口の中が甘い。息継《いきつ》ぎの合間に喉《のど》が上下して、混ざり合った唾液が体の中に伝って落ちていく。

酔ったような心地《ここち》のまま、なんとか腕《うで》を持ち上げて遠慮《えんりょ》がちに相手の胸を押す。

少しだけ唇を離《はな》した王が、額を合わせるようにしてエリシャの顔をのぞき込む。淡黄色《たんこうしょく》の瞳《ひとみ》は、どこか満月を思わせた。

ぼんやりとそれに見惚《みと》れていると、王が言う。

「俺の伴侶《はんりょ》になってくれ」

「――伴侶?」

男性と男性が伴侶になることなど出来ない。稀《まれ》に、同性のみにしか性的興奮を覚えない者はいると聞いた。しかし、それらの行為《こうい》はエリシャの祖国では健全な種族繁栄《はんえい》を阻害《そがい》するとされて犯罪者として罰則《ばっそく》が与《あた》えられる。

祖国を離れているとはいえ、エリシャはニアレイズの国の人間だ。シリオンの国が同性同士の性行為についてどういう扱《あつか》いをしているのかは知らないが――いくらなんでも国王の伴侶が同性で、異種族だなんて受け入れられるものではないだろう。

「陛下──なにを、言って──？」

お戯れはやめて下さいと言うよりも先に、するりと頬から外れた掌がエリシャの首筋に回る。

初対面の時に嚙《か》みつかれた項。既《すで》に治りかけの瘡蓋《かさぶた》を撫《な》でられて、疼《うず》きに思わず小さな声が上がった。

「なに──」

「エリシャ」

俺は本気だ、という言葉と共にもう一度、唇を塞《ふさ》がれた。

夜に見ていた甘美な夢が――現実になった。

そんな突拍子《とっぴょうし》もない身の回りの変化に、エリシャの頭は付いていかない。

どうして、こんなことになってしまったのか。

賓客《ひんかく》用の部屋から、王の私室へ連れ込まれて、そのまま滞在《たいざい》をさせられている。

一体、自分がどんな立場に置かれているのかもよく分からない。ただ、待遇《たいぐう》が格段によくなったことだけは分かった。

それから、王に散々に甘やかされて、蕩《とろ》けさせられていることも。

「――エリシャ」

直接、鼓膜《こまく》を叩《たた》く声が心地よい。

ひっ、と自分の喉からこぼれる音が呼吸なのか喘《あえ》ぎ声なのか――泣き声なのか、もう判断が付かない。

「あ――やだ、やだ――」

「何が？」

「そこ、だめ――いやだ――みないで」

あっという間に脱《ぬ》がされた服は手の届かないところに放り出されて、一糸まとわぬ姿にされて足を開かされた。

　ヒト族は性行為以外で、他者と肌《はだ》を重ねることはない。裸《はだか》を晒《さら》すのも、医者の前がせいぜいだ。毛繕《けづくろ》いと呼ばれる他の種族にとって当然のこの習慣に、未《いま》だにエリシャは抵抗《ていこう》を抱《いだ》いてしまう。

　何よりも、生えるべきところに何も生えていない、つるりとした体が恥《は》ずかしくて堪《たま》らない。そして、これだけ刺激《しげき》を与えられているのに、雄《おす》としてするべき反応が無い性器も——何もかも嫌《いや》だ。

　それなのに。

「可愛《かわい》いな」

　蜜《みつ》が滴《したた》るような甘く優《やさ》しい声が鼓膜を叩くのに、体が跳《は》ねる。

　覆《おお》い被《かぶ》さる相手も服を着ていない。

　けれど、ヒト族の体と違《ちが》って、相手の体は全身が毛並みに覆われている。

　その毛並みがエリシャの体が発した汗《あせ》を吸って、しっとりと水気を含《ふく》んでいる。

　可愛くなど無い、と否定しようとした言葉は、相手の舌が無遠慮《ぶえんりょ》に内股《うちもも》を舐《な》めたことで遮《さえぎ》られた。

「あ——っ」

　じん、と体の奥が痺《しび》れたような気がする。思わず目を瞑《つぶ》れば、自然と滲《にじ》んだ涙《なみだ》が落ちた。

幼い頃。冷たい器具が当てられて、蔑《さげす》む声で医者から告げられた診断《しんだん》が頭をよぎったのは、ほんの一瞬《いっしゅん》だった。

「ひぅ――っ」

生暖《なまあたた》かい感触に包まれたのに驚《おどろ》いて目を開けば、己《おのれ》の未熟なそれを、相手が何の躊躇《ちゅうちょ》も無く口に含んでいるのが目に入って――気絶しそうになる。

「な、に――」

目の前の光景に頭が付いていかずに、動くことすら出来ない。

ようやく絞《しぼ》り出した言葉に、平然とした顔でディオンが答えた。

「『俺のもの』を愛《め》でている」

「は――」

確かに、夢うつつとは言え、エリシャは相手のものになることを了承《りょうしょう》した。けれど、だからと言って、そんなところを舐めるものか。

そんな、不出来な体の象徴《しょうちょう》みたいなところを。

言葉にせずとも伝わったらしく、淡黄色の瞳を眇《すが》めたディオンが言う。

「『俺のもの』なんだろう？　全部」

「そ、う――ですけど、でも」

そんなところに触《ふ》れたところで、何の意味も無い。

愛でたところで、どうしようも無い。

混乱しきった頭のエリシャに見せつけるように、内股からふくらはぎを通った舌先が、くるぶしと爪先《つまさき》までを丹念《たんねん》に舐めた。唾液をたっぷりと含んだ舌のざらざらとした感触《かんしょく》に、頭が真っ白になる。

そんなエリシャに向けて、爪先に口付けを落としながらディオンが言った。

「俺のものだろう？　ここも、そこも、全部」

ディオンの言葉に、エリシャは何も言葉を返せなかった。妙な話だが「俺のもの」と呼ばれて、乱暴に扱われるのならば、まだ心構えも出来るし、諦《あきら》めも付いた。

けれど、こんな風に扱われるのは——まるで想定外だ。

どうするべきなのか、どう振《ふ》る舞《ま》うべきなのかが、いつまで経《た》っても分からない。

言葉の出ないエリシャを見て、微《かす》かに笑いながらディオンが体を前に倒《たお》して、臍《へそ》のあたりをべろりと舐めながら言った。

「——ずっと可愛い。最初に会った時から」

「は——」

体の隅々《すみずみ》を、相手の舌が触れていないところはもう無いのではないかと思ってしまうほど丹念に舐められる。

「や——ぁ、あ——？」

相手の舌が触れる場所が変わる度《たび》に、考えていた言葉がどこかへ飛んでいってしまう。

普段《ふだん》はあることを意識したことすら無いような胸の尖《とが》りに吸い付かれ、丹念に胸の粒《つぶ》を舌で押し潰《つぶ》されて転がされて、体の中にびりびりと妙《みょう》な感覚が走って声も出ない。

エリシャは思わず足の先を丸めて空気を蹴《け》っていた。

「可愛い」

言いながら、ディオンが鎖骨《さこつ》の窪《くぼ》みに吸い付いた。

「——可哀想《かわいそう》で可愛らしくて、ずっと、どうにかしてやりたかった」

濡《ぬ》れた音の合間に、そんな言葉が降ってくる。

鎖骨に軽く当てられる歯の感触に、思わず体を引きながらエリシャはようやく言葉を絞り出した。

「なに——うそ——」

「嘘《うそ》じゃない。そうでないと、出会い頭の相手の項《うなじ》を噛《か》むような無遠慮な真似《まね》はしない」

項、と言われて、かろうじて着けられたままの首輪の下の皮膚《ひふ》がちりつく。

「ん——」

「熟《う》れた石榴《ざくろ》の——良い香《かお》りだ」

どこか陶酔《とうすい》したようなディオンの声に、肌が粟立《あわだ》つのが止まらない。

自分がΩ性としてどんな香りをしているのかなど知らない。それを言うのなら、ディオンの方が最初からずっと良い香りがする。エリシャより、よっぽど。特に先ほどから檸檬《レモン》と蜂蜜《はちみつ》が混じり合ったような濃《こ》い匂《にお》いに、意識が飛びそうになっている。

「もう会わないと言っていたのに、どうして俺が真夜中に忍《しの》んで行っていたと思うんだ？　一《ひと》目惚《めぼ》れだ」

——ヒトメボレとは、なんだろう。

思っている肩口《かたぐち》を吸われて、微かな痛みと共にそこから快感が広がっていく。じゅ、と濡れた音がして散々に舐められてしゃぶられた上半身が解放される。そのまま伸《の》びた指が、エリシャの髪《かみ》を一房《ひとふさ》摘《つま》む。

そしてディオンが目を細めて言う。

「陽《ひ》の光を浴びた新雪の色だ」

かつて老人のようだ、と嫌悪《けんお》された髪に対してそんな感想を向けられる。

真っ白になった頭に、急速に羞恥《しゅうち》が募《つの》っていく。

エリシャはか細い声で訴《うった》えた。

「へいか、も、やめ——」

「真綿色だ。今は——薄桃色《うすももいろ》だな」

「い、あ——」

色が白すぎて幽霊《ゆうれい》のようだ、と揶揄《やゆ》された肌に吸い付きながら言われるのに、ますます肌に朱《しゅ》が走る。自分の意思では、どうしようもない羞恥心に、エリシャは身悶《みもだ》えした。

「紅玉に似ている。あれより、よっぽど綺麗《きれい》だな」

気味の悪い色の目で見るな、と拒絶《きょぜつ》された瞳《ひとみ》の眦《まなじり》に吸い付いて、涙を舐め取られた。

心に降った慈雨《じう》が、湖沼《こしょう》になって、そこに溺《おぼ》れていく。

降り注ぐ言葉が優しくて、あまりにも気持ちが良くて堪らない。初めての感覚が恐《おそ》ろしくて、気持ちが良い。

どうしたら良いのか分からないまま、さまよった手はすぐに取られて相手の背中に導かれた。素肌《すはだ》に濡れた毛並みがしっとりと張り付いて、それがまた言葉に出来ない快感を煽《あお》る。

ディオンの言葉は止まらない。

「夜中に魘《うな》されて泣いていたことも知っている。Ω性ということに負い目を持っていることも。名前を呼ぶだけで、頬《ほお》に触れるだけで、幸せそうな顔をすることも。嵌《は》まらない形を押しつけられて、それに黙《だま》って耐《た》え来たのも知っている。そのせいで、自分を卑下《ひげ》しているのも知っている。——全部が可愛くてたまらない。だから、俺が貰《もら》うと言ったんだ」

誰《だれ》よりも何よりも必要としてやる、とディオンが言いながらエリシャの目を真っ直《す》ぐに見つめた。

「ヒト族にあるべき毛が無い？　性器の発達が未熟？　だから、どうした？　俺の家族の中で、赤毛の獅子《しし》は俺だけだ。俺は変か？」

不意に投げかけられた質問に、咄嗟《とっさ》に首を振る。

「ちがう――」

それとこれとは、根本的な問題が違う。

違うけれど、それが上手《うま》く説明出来ない。言葉に詰《つ》まっている内に、ディオンが畳《たた》みかけるように言った。

「何が違う？　同じことだろう。ヒト族にあるべきものが無くて、だからどうした？　新雪みたいな髪も、真綿色の肌《はだ》も、紅玉色の瞳も、石榴の香りも持っているだろう。――それが『俺のエリシャ』だ。何も問題ない」

その言葉に鼓動《こどう》が大きく波打った。

目の前の相手の「もの」になる、というのがどういうことなのか、ぼんやりと言葉上でしか認識《にんしき》していなかった事柄《ことがら》に、くっきりと形が作られたような気がする。

エリシャは、目の前の男の「もの」だ。そして、その男はエリシャの全《すべ》てがそのままで問題ないと、そう言い切る。

――生まれて初めて、地に足が着いたような気がした。

ここで息をしても良いと、初めて許されたような感覚。

それに呆然《ぼうぜん》としていると、ディオンが名前を呼ぶ。

「エリシャ？」

「でも――でも――世継《よつ》ぎは――？」

第一性である男性器が未熟なのは問題にならないかも知れないが、第二性の方も未熟であったら問題だろう。それに、もしも、万が一にΩ性としての機能が正常だったとしても――生まれてくる子は「半獣《はんじゅう》」になってしまう。

お可哀想なエリシャ様、と呪文《じゅもん》のように言う乳母《うば》の声が頭の奥に響《ひび》く。

それとも、エリシャ以外に誰か世継ぎを産んでくれるアテがあるのだろうか。そもそも、シリオンの王に王妃《おうひ》がいるのかどうか――それすらもエリシャは把握《はあく》していない。

ディオンの言う「俺のもの」とは、少し変わり種の愛妾《あいしょう》が欲しいというぐらいの意味なのだろうか。それとも――なんだろう。

世継ぎの言葉に微かに目を細めてから、ディオンが笑って言う。

「ニアレイズほどシリオンは世継ぎを産むことを求めない。子は授《さず》かり物だ。出来なければ出来ないで仕方が無い。そもそも、資格と資質があれば玉座には誰が座っても構わないんだ。王に相応《ふさわ》しい者は必要だが、必ずしも俺の子が必要な訳ではない」

あまりにもかけ離《はな》れた考え方に、そんなことがあるのか、とエリシャは大きく目を見開く。

よほど驚《おどろ》いたような顔をしていたのだろう。

ディオンが笑《え》みを深くして、エリシャの目元を指先でなぞった。

「目が落ちそうになっている」

「あ――え――？」

「エリシャ？」

それなら、この国でいうところの伴侶《はんりょ》とは何なのだろう。

子を作れなくても、子を産めなくても良いと言う。

ますますエリシャを伴侶に望む理由が分からない。

それに、仮にエリシャが相手の伴侶になったとして――何をすれば良いのだろう。

混乱しながら紡《つむ》いだ言葉に、ディオンが目を細めて、やがて言った。

「俺のことを愛してくれ」

「あい――？」

散々、考えて分からなかった感情にエリシャは途《と》方《ほう》に暮れた声を出した。それにディオンが手を伸ばした。

「――ここを」

首輪の上から、とんとんと項を叩《たた》かれて、その刺《し》激《げき》に息が詰まる。

「俺に噛んで欲しいと思う時が来たらそれで良い」

たった、それだけで良いのか。

思ったところで、唇《くちびる》を塞《ふさ》がれる。重なった唇から、肉厚の舌が口内を丁寧《ていねい》に舐《な》めていく。どちらのものか判別のつかない荒《あら》い息遣《いきづか》い。汗《あせ》で湿《しめ》った肌に、相手の毛並みがぺったりと張り付く。たまに予想外に肌を擽《くすぐ》る鬣《たてがみ》の感触《かんしょく》に、体が震《ふる》える。

甘い――。

一段と、甘さを増したような口付けに目眩《めまい》がする。

必死に飲み下しても、飲み込みきれない唾液《だえき》が、口の端《はし》から伝って落ちていった。

「は――あ――あ、あ」

ようやく離れた唇に、絶え絶えの息をする。

口の端を流れ落ちた唾液を、ディオンの肉厚の舌が追って首筋をたどり、耳朶《みみたぶ》を優《やさ》しく噛まれた。

「――エリシャ」

低く呼ばれるのに、体が芯《しん》からぶるりと震えた。耳朶を食《は》んで、舌先がそのまま耳の後ろの窪《くぼ》みを押した。鬣の感触に、肌がざわざわと粟立《あわだ》つ。

「誰であろうと『俺のもの』を貶《おと》しめるのは禁止だ――分かったな?」

確認するように落とされた言葉に、エリシャは言葉も無く、何度も頷《うなず》いた。

＊＊＊＊

「ご機嫌《きげん》よう、兄上。早速《さっそく》、本題ですが――兄上が賓客《ひんかく》として迎《むか》えたヒト族の王族を、立場が弱いのを良いことに私室に連れ込んで、挙げ句、慰《なぐさ》み者にしている――という、実にけしからん話を聞いたのですが、事実ですか？」

突然《とつぜん》、国王の執務《しつむ》室に現れて人払《ひとばら》いをした挙げ句に、そんなことを言い出した異母妹にディオンは目を眇《すが》めた。

二歳下の異母妹――クレア・グリフ・アルニアがそこには立っている。

獅子族の第一性は鬣の有る無しで、すぐに判別が可能だ。

凛々《りり》しい男装の礼服で固めた異母妹は、鬣こそ無いが第二性がα性であり、ずば抜《ぬ》けて優秀《ゆうしゅう》なことは知られている。金茶の毛並みに朱色《しゅいろ》の瞳をした異母妹は、現在は母親の生家であった侯爵《こうしゃく》家を継《つ》いで当主として立派に采配《さいはい》を振《ふ》っていた。

そんな異母妹の朱色の眼光の鋭《するど》さに、ディオンは静かな声で訊《たず》ねた。

「――その話は、誰から聞いた？」

賓客用の部屋で不手際《ふてぎわ》があり、そこの使用人たちに侍従《じじゅう》長から厳重な注意と罰《ばつ》が下りたのは公《おおやけ》のことになっている。

他《ほか》ならぬ王の前で、他国の王族を邪険《じゃけん》に扱《あつか》ったということで、使用人たちの処分は妥当《だとう》なものと受け入れられていた。

ただし、その騒《さわ》ぎの元になったヒト族の王族の行き先が、ディオンの私室であることを知っているのは――極わずかだ。

もちろん、永遠に隠《かく》し通せると思っていた訳ではない。

王の私室に仕えている者たちは、口の堅《かた》い者たちを選《え》りすぐっている。

けれども、勘《かん》の良い者なら王であるディオンが部屋に誰《だれ》かを置いていることに気付くだろう。

そして、それが姿を見せないヒト族の王族と結びつけられるのに、それほど苦労はしないに違《ちが》いない。

そうなれば、今のように異母妹が口にした醜聞《しゅうぶん》が囁《ささや》かれるようになるに違いなかった。

ディオンは溜息《ためいき》を吐《つ》いた。

夢うつつの口約束で強引《ごういん》にディオンのものにしたエリシャは、心配になるほどディオンに従順で——可愛《かわい》らしくて堪《たま》らない。

α性がΩ性に首輪を贈《おく》り、その首輪をΩ性が着用するということは、いずれ項《うなじ》を首輪の贈り主に明け渡《わた》すという了承《りょうしょう》に他ならない。第二性の存在すら知らなかった相手が、そんな風習を知らないことを百も承知で、ディオンはエリシャに首輪を送った。

エリシャの瞳《ひとみ》を模した赤い革。金色の金具も、ぶら下がる淡黄色《たんこうしょく》の金剛石《こんごうせき》も、その下はディオンの物だと暗に主張をしている。

散々に愛して蕩《とろ》けさせた行為《こうい》の中、首輪の隙間《すきま》から覗《のぞ》く薄桃色《うすももいろ》の肌《はだ》を思い出す。

そこに歯形を残す瞬間《しゅんかん》を想像するだけで体が震える。

項に鼻を寄せて熟《う》れた石榴《ざくろ》の匂《にお》いを嗅《か》ぎながら、薄桃に色付いた白い体に優しく歯を立てるのがディオンの最近の習慣だ。口付けた肌に痕《あと》を残したいと思うこちらの欲求《よっきゅう》の意味も、世間から見てその行為がどういう意味なのかも知らない、無垢《むく》な体に無体を強《し》いている。

――慰み者にしている、という指摘《してき》もあながち間違《まちが》いではないかも知れない。

異母妹がいることも忘れて己《おのれ》の行動を振《ふ》り返れば、己の所業に溜息しか出てこない。

そんなディオンの様子に、クレアが怪訝《けげん》な口調で言った。

「まさか、本当だとは言わないでしょうね？」

「……本当だ、と言ったらどうする？」

「は？」

ディオンの返答に、異母妹の纏《まと》う桜桃《おうとう》の香《かお》りの中に――香辛料《こうしんりょう》のような刺激のある物が混じった。

α性の纏う香りは、Ω性を誘引《ゆういん》すること以外に、他者への威圧《いあつ》や攻撃《こうげき》にも使われる。意図的に匂いを変えた異母妹の誤魔化《ごまか》しを許さない剣幕《けんまく》に、ディオンは淡黄色の瞳を細める。

――逃《に》がせるものなら、逃がしてやるべきだった。

石榴色の瞳と、真っ白な肌を思い出す。

密《ひそ》やかに部屋を訪《おとず》れて真夜中に腕《うで》に抱《だ》いていた時から、体つきの違いは承知していた。けれど昼の明かりの下で寝台《しんだい》の上に組み敷《し》いた体は、思っていたよりもずっと小さく華奢《きゃしゃ》だった。

微《かす》かに兆《きざ》したΩ性を、そのまま眠《ねむ》らせておけるのならば――適当な口実と共に、シリオンの国で保護をして、平和に平穏《へいおん》に暮らしていけるように取り図《はか》ろうと思っていた。

胸をかきむしりたくなるような恋情《れんじょう》も、気が狂《くる》いそうな欲情《よくじょう》も、ディオンが口にせずに抱《かか》えておけば——それで済む話だった。

それだと言うのに——。

真夜中の夢うつつの独白を思い出しただけで、痛ましくて堪らない。

誰にも必要とされていない。

そんなエリシャの言葉に、ディオンの理性の箍《たが》は簡単に外れた。

必要とすれば良いだけなら、いくらでも必要としてやる。

だから、全《すべ》て寄越《よこ》せという夢うつつの言質《げんち》と共に唇まで奪《うば》った。

貪《むさぼ》った口内は小さくて簡単に喉《のど》まで舌先が届いてしまいそうで、怖《こわ》いぐらいだった。何より、ただの唾液が甘くて頭がおかしくなりそうで——可哀想《かわいそう》で可愛らしくて、理性が保てない。それが、今もずっと続いている。父があれほど焦《こ》がれて狂った理由を、身を以《もっ》て知った。それでも、決して父の所業を許す気にはならないが。

「クレア」

呼べば、異母妹が怪訝な顔をする。

四人いる異母妹弟《きょうだい》の中で、α性なのは目の前の相手だけだ。他の三人はβ性とΩ性である。

父と「運命の番《つがい》」、そして、それを巡《めぐ》る妃《きさき》の顚末《てんまつ》を、ディオンとその子たちはよく知っている。だからこそ、ディオンは正式に即位《そくい》をする前日に、妹弟たちを集めて提案をした。

——俺達は、一人だけにしよう。

誰に何を言われようと、生涯《しょうがい》を共にする相手を一人だけにしよう。

運命だと、心の底から思えた相手だけを側に置こう。

たったそれだけの提案だが、α性には、とても困難を伴《ともな》うものだった。

番の有る無しにかかわらず、発情期のΩ性の香りに、嫌《いや》でも惹《ひ》かれてしまうα性も、実のところ性的な被害《ひがい》を受けやすい。ディオンの我が儘《まま》に近い提案に対して、聡明《そうめい》な異母妹は反対をしなかった。それどころか、真っ先にディオンの言葉に賛成をした。

そして、誰よりも早く伴侶《はんりょ》を作り、仲睦《なかむつ》まじく暮らしている。

これ以上に頼《たよ》りになる相手はいないだろうと、心からそう思う。

「なんです？」

朱色の瞳が怪訝に細められた。未《いま》だにぴりつく桜桃の香り。

口にすれば、目の前の異母妹が更《さら》に怒《おこ》り出すのを承知で、ずっと頭にちらついていた相談事をディオンは口にした。

「この国の王になる気はないか？」

「……はぁ？」

相手からしたら突拍子《とっぴょうし》もない相談事だろう。

剣呑《けんのん》な声と共に、桜桃の香りに威嚇《いかく》のそれが混じる。

異母妹のもっともな怒《いか》りを正面から受け止めて、ディオンは淡黄色の瞳を眇めた。
＊＊＊＊

「初めまして、エリシャ様。リヴェリエ公爵《こうしゃく》の娘《むすめ》、シルヴィアと言います。エリシャ様のお話し相手として呼ばれましたの。長いお付き合いになるでしょうから、仲良くしていただければ幸いですわ」

第一性が女性であることを示すように鬣《たてがみ》が無い。豪奢《ごうしゃ》な白を基調としたドレスを着た相手には、隙《すき》が無いような印象を受ける。手入れの行き届いた琥珀色《こはくいろ》の毛並み。藍色《あいいろ》の瞳が、真正面から叩《たた》きつけるような強い視線を寄越すのにたじろぎながら、エリシャは頭を下げた。

「――エリシャ・ルクス・フォンティーナです。よろしくお願いします」

それに相手がにっこりと微笑《ほほえ》んだ。

初対面ということ以上に、奇妙《きみよう》な緊張《きんちよう》を覚える。

まるで、こちらの一挙一動を採点されているかのような――そんな気がする。

愛している。

一目惚《ひとめぼ》れだ。

可愛い。

項を噛《か》ませてくれ。

毎日のように注がれる言葉の数々と、施《ほどこ》される「毛繕《けづくろ》い」の甘さに溺《おぼ》れそうになって、エリシャが恥《はじ》を忍《しの》んで相談を持ちかけたのは医師のラジャだった。

どうすれば良いのか分からない。

そもそも、愛とはなんだ。ヒトメボレとは、どんな現象だ。項を噛んだら——噛ませたら——王は——自分は、どうなってしまうのか。

幼い頃《ころ》から当たり前になった自己卑下《ひげ》を咎《とが》められて、劣等《れっとう》感の源である体を余すところなく晒《さら》して触《ふ》れられて——「俺のものだ」と何度も教え込まれた。

王からエリシャに対する行為は、甘さばかりを増していって、もうどうすれば良いのか分からない。

「毛繕い」も、途中《とちゅう》から訳が分からないほど気持ちが良くなって、いつの間にか意識を失ってしまう。経験が無いだけで、知識が不足している訳ではないから、エリシャに丹念《たんねん》な毛繕いを施す王のそこが、熱く猛《たけ》っているのに気付かないでもない。ただ、エリシャの知識では、それは女性の中に収めて種を吐《は》き出すための器官に過ぎなかった。それをどうしてやれば正解なのか、男同士の触れ合い——α性とΩ性の閨事《ねやごと》のことなど見当が付かないのだ。

赤裸々《せきらら》なエリシャからの相談と質問に、片眼鏡の医師は酷《ひど》く狼狽《うろた》えた。

「あいにく――体の相談ならばともかく、そういう心の相談は私の不得手です――」

ならば、どうしたら良いのだろう。

せめて相談相手が欲しい。

「陛下に直接ご相談しては？」

逃げ腰《ごし》の医師の提案に、エリシャは切実に訴《うった》えた。

王が醸《かも》し出す檸檬《レモン》の芳香《ほうこう》で、いつも訳がわからなくなる。そのまま、「毛繕い」をされてしまうと――まともに物を言うのも考えるのも難しい。何より、あれだけ愛というものを注いでくれる相手にそれは何かと訊《たず》ねるのは憚《はばか》られる。

泣きすがらんばかりのエリシャを哀《あわ》れんだのか、侍従《じじゅう》と侍女となった二人までもがそれぞれ口添《くちぞ》えをしてくれ――根負けをしたラジャが骨折りをしてくれて、開かれたのが今回のお茶会である。

『リヴェリエ公爵の令嬢《れいじょう》は、才女と評判です。博愛主義――他種族にも分け隔《へだ》て無く接し、偏《へん》見《けん》も少ないとのことで、その手の相談にも答えてくれるでしょう』

そんな言葉が先にあったので、もっと物腰柔《ものごしやわ》らかな相手を想定していたのだが、実際に来た相手が思いのほか迫力《はくりょく》があって戸惑《とまど》ってしまう。

助けを求めるように、エリシャは付き人として控《ひか》えてくれる侍従と侍女に視線を向けた。

侍従は獅子《しし》族の中では痩《や》せ型で、背の高い――もうすぐ五十歳になるコリンという。侍女は背が低く無表情で無口ながら、てきぱきと仕事をこなすサーシャといった。以前、賓客《ひんかく》として扱《あつか》われていた時と比べものにならないぐらい、二人はエリシャによくしてくれていた。

　そんな二人の表情が険しいことに気付いて、エリシャは視線を辿《たど》る。

　コリンとサーシャが見つめていたのは、公爵《こうしゃく》令嬢の後ろに控えている侍女だった。

　どこかくすんだ色をした毛並みを持つ侍女は、明らかにこの場を面白《おもしろ》く思っていないらしい。というか、エリシャの存在を快く捉《とら》えていないようだった。険のある目で睨《にら》み付けられていることに気付いて困っていると、そんなエリシャの様子に気付いたらしいシルヴィアが、後ろを向いて柔《やわ》らかくも厳しい口調で言う。

「キリエ。エリシャ様が困っているのが分からないの？　わたくしを信用してお話し相手に選んで下さった陛下にまでご迷惑《めいわく》をかけるつもり？　エリシャ様に、お詫《わ》びをしなさい」

　その言葉に、さっと侍女の顔が強《こわ》ばる。

「申し訳ございません――っ」

　物凄《ものすご》い勢いで侍女に頭を下げさせたまま、エリシャの方に向き直って、シルヴィアがにこやかに笑う。

「エリシャ様、お気になさらないで下さいね。不出来な侍女で申し訳ないわ」

「いいえ――……」

　そう答えながらエリシャはなんとなく体を後ろに引いていた。

場所は、王城の賓客をもてなす棟《とう》にある中庭の四阿《あずまや》だった。

凝《こ》った装飾《そうしょく》の柱に、屋根が取り付けられた開放感のある空間。

中央に置かれた丸テーブルの上には、お茶と菓子《かし》が並べられている。

コリンが無言で進み出て、テーブルの横の茶器に触れた。

柔らかな陽光が降り注ぎ、辺りには緑の満ちた四阿の中で、流れる空気はなぜか緊張でぴりついていた。

――何か、違和感《いわかん》を覚える。

その違和感の元が何なのか、よく分からない。ただ相手が言葉を発するごとに、空気が氷《こお》っていくような奇妙な心地《ここち》に襲《おそ》われてエリシャは曖昧《あいまい》な顔で頷《うなず》いた。

とても、相談を出来るような相手ではない気がする。

顔はにこやかなのに、何か――その下で全く別のことを考えているような印象。

祖国では珍《めずら》しくもなかった表情。

初対面の相手に失礼なことを思っていると思いながら、そんな気持ちを拭《ぬぐ》えないままエリシャは、おずおずと口を開いた。

「――この度《たび》は、わざわざ足を運んでいただいて」

恐縮《きょうしゅく》です、と最後の言葉を口にするよりも先に、相変わらず表情だけにこやかにシルヴィアが言った。

「あら、そんなに畏《かしこ》まらないで下さい。陛下たってのお願いですもの。公爵家が従うのは当然ですし、わたくしも陛下のためとありましたら、労は厭《いと》いませんわ」

「は――？」

陛下たっての、という言葉に首を傾《かし》げる。

この茶会について、王であるディオンは把握《はあく》していない。手配をしてくれたのはラジャだし、段取りを付けてくれたのはコリンだ。茶会にかかる費用は、賓客用の予算から十分に出せると請《う》け合ってくれたのはサーシャであって、ディオンはどこにも絡《から》んでいない。

どうしてディオンからの頼《たの》み事に変換《へんかん》されているのか――誤解がどこから生じたのか。

気の抜《ぬ》けたような返事しか出来ない。

コリンが微《かす》かに眉《まゆ》を寄せたまま無言で給仕《きゅうじ》をする。

サーシャは無表情に、後ろに控えたまま事の成り行きを見守っているようだった。

公爵令嬢の後ろで控える侍女の表情は、相変わらずどこか不機嫌《ふきげん》そうで険がある。

そんな空気に物怖《ものお》じすることもなく、シルヴィアは滑《なめ》らかに話を続けた。

社交の場に慣れているのだろう。

最近、出席した茶会のことから、貴族たちの間の流行《はやり》や噂話《うわさばなし》など話題は多岐《たき》にわたったが、シリオンという国にそもそも馴染《なじ》みのないエリシャの耳を、相手の話は素通《すどお》りしていく。それでも、根気強く相槌《あいづち》を打ち続けるエリシャに対して、満足げな顔をしてシルヴィアが言った。

「――それにしても、陛下がようやく伴侶《はんりょ》を持つつもりになったのは喜ばしいですわ」

「え？」

微笑みながら告げられた言葉に、エリシャは思わず手を止めた。

エリシャはディオンからの求婚《きゅうこん》に対して、何の返事もしていない。

それなのに、もう話がそこまで広がっているのか。それとも、話し相手を頼むにあたってラジャが話の内容を先に伝えたのか。

エリシャがシルヴィアに目をやれば、相手は微笑みながら言った。

「ご心配なさらなくても大丈夫《だいじょうぶ》ですわ、エリシャ様。陛下は慈悲深《じひぶか》いお方ですもの。項《うなじ》に噛みついてしまった責任は、きちんと取ってくれますもの。いくら『Ω嫌《ぎら》い』だからと言って」

「――『Ω嫌い』？」

初めて聞く単語に、呆気《あっけ》にとられた声を返せば、シルヴィアが首を傾げる。

「ご存じありませんでしたの？　なら、きっと隠《かく》していらっしゃったのね。陛下は慈悲深い方と伺《うかが》っていますから。でも、遅《おそ》かれ早かれエリシャ様のお耳に入ることですもの。わたくしの口から申し上げた方が良いですわね」

Ω嫌い、というのはどういう意味だろう。

強烈《きょうれつ》に頭の中にその単語だけが残る。そんなエリシャを見つめながら、シルヴィアはあくまでにこやかな――そして、エリシャを哀《あわ》れむような表情のままに言う。

「陛下は即位《そくい》以来、どなたも側に寄せずに過ごして来ましたの。α性の王でしたら、Ω性の伴侶を複数持つことも珍しくありませんのに。陛下のお父上である前王陛下もそうなさっていましたわ。それなのに、今まで独身を通されて来たので、父を含《ふく》む貴族一同心配申し上げていましたのよ？」

『Ω嫌い』……？」

シルヴィアの淀《よど》みの無い説明の殆《ほと》どが、頭を素通りしていった。

――王がΩ性を嫌《きら》っているのなら、どうして王はエリシャを囲い込むような真似《まね》をしているのだろう。それも、あんなに熱心に。熱烈《ねつれつ》に。

呆然《ぼうぜん》としているエリシャに構わずに、シルヴィアが言葉を続ける。

「α性の本能に負けてしまって、陛下はエリシャ様の番《つがい》になってしまったのでしょう？　α性の性質とはいえ――陛下もお気の毒に。でも、相手がエリシャ様のような方で良かったですわ。シリオンの貴族が相手だったりしたら、却《かえ》って問題がややこしくなっていましたもの」

「……どういう、意味でしょうか？」

掠《かす》れた声でエリシャが訊《たず》ねると、シルヴィアが瞬《まばた》きをしてから、噛《か》んで含めるような口調で言った。

「国王の伴侶がヒト族の側妃《そくひ》だけでは、さすがに貴族も民《たみ》も納得《なっとく》しませんもの。これで陛下も獅子族の中から王妃を選ばざるを得ないでしょう？」

「え――？」

「わたくしも当然、王妃候補の一人というか、もう王妃になると決まっているようなものですけれど――エリシャ様のような方となら問題なくお付き合い出来そうで良かったですわ」

「決まっているような、もの？」

たどたどしく言葉を返すエリシャに向けて、シルヴィアがにこやかに言った。相手が言葉を発する度に、針でちくちくと刺《さ》されているような気がして、なんだか胸のあたりが痛い。そんなエリシャの様子に構うことなく、シルヴィアが言った。

「エリシャ様のお話し相手にわたくしを選んで下さるということは――そういうことでしょう？　改めて末永くお願いしますわね、エリシャ様」

そう言ってシルヴィアが笑う。

王妃候補。

その言葉に、エリシャは絶句した。

心の中、どこかで分かっていたことなのに――いざ、その相手というのが目の前に現れると正しい行動が分からない。

エリシャの他《ほか》に、誰《だれ》か相手がいないのかというのは――ずっとエリシャも思っていたことだ。

ただ、口に出して訊ねるのが怖《こわ》いから、胸の底にしまい込んでいただけで。何より、相手から与《あた》えられる物を返すのに必死で、思いも付かなかっただけで。

ディオンは国王なのだ。

相応《ふさわ》しい伴侶を持つのは当然だ。

故国に送り返されれば、エリシャに待っているのは迫害《はくがい》と死ばかりなのだから。それに比べれば、シリオンの側妃の一人として留め置かれ、居場所を与えられたことを喜ぶべきだ。

けれど――。

淡黄色《たんこうしょく》の瞳《ひとみ》と、触《ふ》れる指先。

それらを思い出しただけで、息が詰《つ》まる。

硬直《こうちょく》するエリシャに向かって、シルヴィアが労《いたわ》るような声で言った。

「ああ――もちろん、わたくしはβ性ですもの。α性とΩ性として結びついたお二人に割って入るつもりはありませんのよ。ただ、対外的に王妃という存在が必要になるでしょう？　シリオンの国の王妃が、よりによってニアレイズの王族では他国にも外聞が悪いですもの。――誤解なさらないで下さいませ。エリシャ様が悪い訳では無いですから。ただ、世間というものがどう見るかという話です。だから、わたくしが務めることになるのは、本当にお飾《かざ》りの王妃ですのよ。世継《よつ》ぎが必要となった時には――それなりに必要なことはしますけれど。実質的な伴侶は、きっとエリシャ様だけになりますもの。安心して下さいな」

そう言って、シルヴィアがどこまでも上品に笑う。

お茶会が始まってから感じていたシルヴィアの視線について、ようやくエリシャは正しい名前を見つけた。

——あれは値踏《ねぶ》みの視線だ。

価値があるか無いかを推《お》し量る打算の目。

幼い頃《ころ》から向けられることが珍しくなかった視線の意味に、すぐに気付けなかったのは、最近向けられる視線が淡黄色の——エリシャを甘やかす色を持った視線ばかりだったからだ。

あの視線には幼い頃からずっとさらされて来て、すっかりと慣れているはずなのに、毎度新《しん》鮮《せん》に傷ついてしまうのはどうしてなのだろう。そんなことを現実逃避《とうひ》のように考えながらエリシャの思考は半分止まったままだった。

エリシャの傍《かたわ》らに、人の気配がした。

顔を上げるとサーシャが眉を寄せながら、エリシャの傍らに立って口を開く。

「——失礼ながら、シルヴィア様。それはどちらからのお話です？」

口を挟《はさ》んだサーシャを見て、シルヴィアの背後に控《ひか》えていた侍女《じじょ》があからさまな怒気《どき》を浮《う》かべた。そして、怒《いか》りを露《あら》わにした顔で前のめりに言う。

「たかが侍女が直接、お嬢様《じょうさま》に話しかけるなんて——」

食ってかかる勢いの自分の侍女を振《ふ》り向くこともなく、片手を上げるだけでそれを制止したシルヴィアが、サーシャに対してにこりと笑って答えた。

「どちらも何も——皆《みな》が言っていることでしょう？」

そんな返事に対して、サーシャは動じた様子も無く言葉を重ねた。

「皆、というのは具体的にどなたでしょうか？　教えていただけますか？」

サーシャの詰問《きつもん》に対して、シルヴィアがようやく不愉快《ふゆかい》そうに眉《まゆ》を寄せて言う。

「――どうして、そんなことを訊《き》くのかしら？　わたくしが普段《ふだん》、話をするような人たちよ。父上や、お茶会をするようなお友達たちよ」

「では、そのお話を陛下から直接聞いた訳では無いのですね？　陛下が『Ω嫌い』ということも、シルヴィア様が王妃になるということも含めて、全《すべ》て噂《うわさ》ですね？」

サーシャの確認《かくにん》するような問いかけに、藍色《あいいろ》の瞳が不思議そうに瞬いた。

「そうだけれど、それが何か？」

「でしたら、今お話をされた事柄《ことがら》は、全て単なる憶測《おくそく》にしか過ぎません。陛下から直接のお言葉があるまで、口にして良いような事柄で無いと思いますが？」

「あら――わたくしの父やお友達たちがいい加減な話を触れ回っていると、そう言いたいのかしら？」

傷ついたように藍色の目を瞬かせ、頰《ほお》を押さえながら問いかけるシルヴィアに向けて、サーシャは相変わらず無表情に淡々《たんたん》と告げた。

「少なくとも、現在唯一《ゆいいつ》陛下からの寵愛《ちょうあい》を受けていらっしゃるエリシャ様に向けて、将来の王妃としての言葉などかけるのは時期尚早《じきしょうそう》で無礼かと思われます。現段階で、そう触れ回るのは騙《かた》りと非難されても仕方がない行動だとは思いませんか？」

あくまで冷静なサーシャの言葉に、激昂《げきこう》したのは公爵令嬢《こうしやくれいじよう》の後ろに控えていた侍女だった。

「たかだか王城の侍女風情《ふぜい》が――！」

それ以上の言葉は、陶器《とうき》の割れる大きな音に遮《さえぎ》られて続かなかった。

がしゃん、という音に目を向ければテーブルの脇《わき》に立っていたコリンがにこりと笑って、取っ手だけになった茶器を掲《かか》げている。

「――大変失礼致《いた》しました。手が滑《すべ》ってしまいまして――。破片《はへん》が飛んでいると危険です。こちらを片付けますので、侍女殿《どの》はシルヴィア様にお怪我《けが》が無いように、馬車までお連れいただけますか？　ちょうど、茶会も終わる時刻ですし」

コリンのその言葉に、いきり立った侍女は、出鼻《でばな》を挫《くじ》かれたようで口を開閉させている。

それにシルヴィアが静かに名前を呼んだ。

「――キリエ。破片が飛んでいないか、見てちょうだい」

公爵令嬢の侍女が、弾《はじ》かれたように動いて、大袈裟《おおげさ》なほど丹念《たんねん》にシルヴィアのドレスの裾《すそ》を払《はら》う。そんな必死な様子の侍女に目を向けることもなく、エリシャを見たシルヴィアがにこりと笑って言った。

「――王宮の使用人にも教育が必要そうですわね。エリシャ様の手に余るところは、喜んでお手伝い致しますから、遠慮《えんりよ》なく申し出て下さいませ」

「え、いえ――」

結構です、とエリシャが断りの言葉を入れるよりも先に、這《は》い蹲《つくば》るようにしてドレスを改めていた侍女が立ち上がり、恭《うやうや》しくシルヴィアの手を取った。それに促《うなが》されるままに、シルヴィアが軽《かろ》やかに立ち上がる。

「楽しかったですわ、エリシャ様。また、すぐにお話の機会を持てるように父に頼《たの》んでおきますわね」

ご機嫌《きげん》よう、とにこやかに四阿《あずまや》を立ち去る公爵令嬢に、どっと疲《つか》れが押し寄せてきた。

エリシャは椅子《いす》の背もたれに寄りかかって、溜息《ためいき》を吐《つ》く。顔から血の気が引いてしまっていて、やたらと冷たい。

ぼんやりとしていると、コリンが割れてしまった茶器の破片をつまみ上げながら、呆《あき》れたような口調で言った。

「お話の相手――にしては、とんだご令嬢でしたね。話がどこかで捻《ね》じ曲がったようですし。ステイン医師に色々と確認をしましょう。あの先生に悪意があるとは思えませんから、どこかで誰かが絡《から》んだんでしょうね」

コリンの言葉を受けながら、サーシャは無表情のまま言う。

「リヴェリエ公爵の令嬢は、人柄《ひとがら》に優《すぐ》れた才女だという噂でしたが――当てが外れました」

淡々と言いながら、エリシャに視線をやり、サーシャが言った。

「エリシャ様、ご気分は？」

「あ、はい――」

呟《つぶや》くように答えながら、エリシャは頭に残った言葉を口にする。

「あの――陛下が『Ω嫌《ぎら》い』というのは、本当ですか？」

その質問にサーシャが鼻の上に皺《しわ》を寄せて答える。

「戯《ざ》れ言です」

切って捨てるサーシャの言葉に対して、コリンが続けて言う。

「――それもサーシャが先ほど言っていた王妃《おうひ》の件と同じです。一部の貴族連中が勝手に言っていただけのことで、気にする必要はありません。現にエリシャ様を溺愛《できあい》されているんですから、嫌《きら》いも何も無いと思いますが？」

「でも――」

お気の毒に。

王に対してそんな言葉を使ったシルヴィアの声が蘇《よみがえ》る。

思わず首元に手を伸《の》ばせば、そこにはディオンから贈《おく》られた首輪があった。

エリシャのΩ性が判明したのは、ディオンがエリシャの発する芳香《ほうこう》に負けて、項《うなじ》に噛《か》みついたからだ。

それが切っ掛《か》けになって、エリシャは疑似《ぎじ》的な発情状態による体調不良に見舞《みま》われた。

もしも、ディオンが気付かなければ——エリシャは祖国に送り返されて、「出来損《そこ》ない」の王族として冷遇《れいぐう》されながら、祖国で何事もなく一生を送っただろう。

だから、確かにディオンのせいと言えば——ディオンのせいだ。

ニアレイズでの第二性——特に、α性とΩ性について知ってしまえば、良心がある者ならば送り返そうとは思わないだろう。発露《はつろ》する筈《はず》がなかった性、ということならば余計に。

慈悲深《じひぶか》い方ですもの。

シルヴィアの言葉が頭に響《ひび》く。

愛している。そう告げられる言葉の中にこもる熱の正体は分からない。

それが愛ではなく、責任だったとしたら——。

もしも、そうだったとしたら、どうしたら良いのだろう。

ぼんやりとした顔で黙《だま》り込んだエリシャに対して、サーシャが声をかける。

「エリシャ様、お部屋に戻《もど》りましょう」

目を向ければ、滅多《めった》に感情を顔に乗せない侍女が、わずかに顔を歪ませて言葉を続けた。

「先ほど、シルヴィア嬢《じょう》にも申し上げた通り——どれも第三者が勝手に言い立てていることです。陛下のお言葉を日頃《ひごろ》から直接聞けるのは、一握《ひとにぎ》りの者だけです。そして、誰《だれ》よりも近い位置にいらっしゃるのはエリシャ様です。聞きたいことがあるのならば、全て聞くべきです」

サーシャの言葉に、コリンが続けた。

「それが良いですね。陛下のお帰りまで、少しお休みになった方が良いでしょう——何か甘いものでもお持ちしますか？」

華《はな》やかなテーブルの上で、色とりどり綺麗《きれい》な菓子《かし》は、結局手を付けられることもなかった。勿体《もったい》ない、と思いながら食欲《しょくよく》が湧《わ》かずに首を振ると、コリンが困ったような顔をする。

後片付けを請《う》け負《お》ったコリンを残して、サーシャに付き添《そ》われながらエリシャは部屋へと戻った。足を踏《ふ》み入れた途端《とたん》に、鼻を掠《かす》める檸檬《レモン》の芳香に思わず棒立ちになった。

何か——広い世界に放り出されたような、心許《こころもと》なさを感じる。

そんなエリシャに対して、サーシャが言う。

「横になられてはいかがですか？　お顔の色が優れません」

「あ、はい——」

すみません、と謝罪を告げれば、サーシャが眉を寄せた。着替《きが》えるのも億劫《おっくう》で、ふらふらと寝台《しんだい》の端《はし》に腰《こし》をかける。そんなエリシャを見て、サーシャが物言いたげな顔をするのに、エリシャはなんとか口を開いた。

「このまま休みますから——しばらく一人にして下さい。ありがとうございます」

ぎこちない言葉に、サーシャは少し沈黙《ちんもく》した。それから、淡々といつもの調子で言う。

「——何かありましたら鈴《すず》を鳴らして下さい。すぐに伺《うかが》います」

そのまま、部屋の中に一人きりになった。

途端に、部屋の主の存在を強く感じて――思わず息を詰《つ》めた。

朝まで共に寝《ね》ていた寝台からは、残り香《が》がする。

Ω嫌い、というのはどういうことだろう。その嫌いは「獣憑《けものつ》き」と呼ばれて、国全体で存在そのものが忌《い》み嫌われていたことと、きっと種類が違《ちが》う。単に個人の嗜好《しこう》に合わないということだろう。ということは、エリシャはディオンのそれをねじ曲げて、無理矢理に付き合わせたということになる。

――たかだか責任の名の下に。

思っている内に、ぞわりと体の中で何かが蠢《うごめ》いた。

相手の意思をねじ曲げて、それに甘えてあの腕《うで》の中に収まっているのだとしたら、それはとても嫌《いや》だ。何より、ディオンが可哀想《かわいそう》だと思う。

けれど――あの腕が、他《ほか》の誰かを抱くと考えると。

湿《しめ》った毛並みの感触《かんしょく》も。交《か》わされた唇《くちびる》の柔《やわ》らかさや、舌の厚み――唾液《だえき》の味。荒《あら》い息遣《いきづか》いの中に聞こえる、無数の言葉たち。だんだんと濃《こ》くなっていく、蜂蜜《はちみつ》に漬《つ》けた檸檬のような芳香。優《やさ》し過ぎる淡黄色《たんこうしょく》の瞳《ひとみ》。

それらを誰かと共有する。それらを、自分以外の誰かが知る。

――嫌だ。

嫌だ。嫌だ。嫌だ。

嫌だ。

ひゅっ、と喉《のど》が鳴る。

焼け付くような激情が体の中を駆《か》け上がってきて、声にならない。

責任と贖罪《しょくざい》。

ディオンがそれをエリシャに抱いていて、居場所を与《あた》えてくれているのならば、その二つをもっと強力なものにするにはどうしたら良いのか。

その方法をエリシャは——とっくに知っている。

意識をした途端に、カッと体が内側から熱くなった。どくり、と大きく鼓動《こどう》が跳《は》ねて胸が苦しくなる。寝台の上にあった毛布で体を包みながら、小さくなって爪先《つまさき》を丸めた。

以前に微熱《びねつ》を出して体調を出した時とよく似ている。けれど、今回のそれはあの時よりも、もっと強くて酷《ひど》い。他でもなく、自分の意思が体を作り替《か》えているのが分かる。

「あ——」

これは、駄目《だめ》だ。

このままでは、いけない。

腹の底で蠢く熱とは裏腹に、頭からは血の気が引く感覚がする。寝台から飛び起きると、荒く息が途切《とぎ》れた。

与えられた赤い首輪の下で、項がじくじくと疼《うず》く。

――噛んで欲しい。

噛んで欲しい。

ディオンも言っていたではないか。

いつか、項を噛ませてくれと。

その願いをエリシャは叶《かな》えてやるべきだ。

そうすれば――。

もっと強力に、相手を縛《しば》り付けることが出来る。

荒く乱れた呼吸の音がうるさい。まるで、全力疾走《しっそう》でもしたような荒い息が、はぁはぁと獣《けもの》の唸《うな》りのように口からこぼれて落ちる。それに急激に我に返った。自分でも知らない、怖《こわ》いほどに冷静な部分が、欲《よく》に塗《まみ》れた計画を囁《ささや》いてくる。

――駄目だ。

そんなことをしては、絶対に駄目だ。

とにかく、この場から、この部屋の主が戻って来るよりも先に出て行かなければ。

思っているのに、足が震《ふる》えて立ち上がることが出来ない。

出て行きたくないのか、ただ発熱から来る不調なのか、判断が付かない。寝台の上でへたり込みながら、なんとか毛布を掴《つか》んで体に巻き付けると、ほとんど体を引きずるようにして寝台から床《ゆか》の上に落ちる。

たったそれだけのことで、息が切れてどうしようも無い。

巻き付けた毛布から香《かお》るディオンの——檸檬の芳香に、なぜか知らないが涙《なみだ》が滲《にじ》んでくる。

「——っ、ぅ」

這《は》いずるようにしながら寝台の下へ潜《もぐ》り込んで、エリシャはきつく目を閉じた。体の内側がどうしようもなく熱くなって、思わず内股《うちもも》をすりあわせるようにして、泣き声のような吐息《といき》をこぼす。

今朝、薄明《うすあ》かりの中。

寝台の上でディオンから与えられる惜《お》しみない愛撫《あいぶ》が恋《こい》しくて堪《たま》らずに、エリシャは服の下へ——無意識に手を伸ばした。

＊＊＊＊

「自分より玉座に相応《ふさわ》しい立派な者を引きずり下ろして、自分がそこに座ることを簒奪《さんだつ》というのです。兄上はわたしを簒奪者にしたいのですか。そんな汚名《おめい》を被《かぶ》るぐらいなら、伴侶《はんりょ》と二人で国を出ます。言って良いことと悪いことがあります。ふざけないでいただきたい。兄上が明日《あした》にも死ぬというのなら考えないでもありませんが、死ぬ予定でもおありなのですか。死因はなんですか。まさか客人に無体を働いた責任を取って自死すると言うのではないでしょうね。

もしもそうだとしたら、死んだぐらいでそれが許されると思うのは大間違《おおまちが》いです。死ぬのは、死ぬほど償《つぐな》ってからにして下さい。──それで？　理由はなんです？」

怒濤《どとう》の勢いで告げてから、一息ついて理由を問いただす。

その様子があまりにもクレアらしくて、ディオンは思わず笑ってしまった。

「兄上？」

苛立《いらだ》ちを含《ふく》んだ声で名前を呼ばれて、説明に口を開こうとしたのと、ドアの外から宰相《さいしょう》の焦《あせ》った声が聞こえたのは同時だった。

「お話し中のところ、失礼します。陛下、アルニア侯爵《こうしゃく》」

そのまま飛び込むように入ってきた黒獅子《くろじし》の宰相は、常に見たことが無いほど焦っていた。

緊迫《きんぱく》した口調で宰相がディオンに向かって言う。

「陛下、今日の執務《しつむ》はもう結構です。すぐにお部屋へお戻《もど》り下さい」

「──？　何があった？」

「エリシャ様が──」

出された名前に、ざわりと毛並みが逆立つ。

「エリシャが、どうした」

訊《たず》ねた声は自分でも分かるほど殺気がこもっていた。

そんなディオンに、クレアが驚《おどろ》いたように目を見開く。自分でも驚くぐらいに感情が剝《む》き出しになっている。

宰相が頭を地面に着くような勢いで下げた。

「茶会の席でリヴェリエ公爵の令嬢《れいじょう》が不用意な発言をしたそうです」

「茶会？」

ディオンの知らない情報だ。

リヴェリエ公爵自身は、結構な野心家である。しかし、分を弁《わきま》えた野心家だ。そのために上の者に対する敬意が諂《へつら》いじみて行き過ぎていて、周囲に嫌《きら》われている節がある。その一人娘《ひとりむすめ》である令嬢は、父親と違って大した出来物と評判だった。「β性だなんて信じられない」「鳶《とび》が鷹《たか》を生むとは正にこのこと」「大変出来た素晴《すば》らしい女性」と褒《ほ》め千切る言葉の方は散々に聞いている。しかし、ディオンは催《もよお》し物の際に公爵の横にいる令嬢と顔を合わせたことがある程度で、詳《くわ》しい人柄《ひとがら》までは知らないのだが。そもそも、どうして公爵令嬢とエリシャが知らぬところで顔を合わせているのか。

苛立つディオンに対して、恐縮《きょうしゅく》した宰相が言葉を続ける。

「最初はエリシャ様が、スティン医師に相談を持ちかけたところからの始まりです」

「――エリシャが？」

相談と聞いて、ひやりとした物が胸を過ぎる。

逃《に》げ道を全《すべ》て塞《ふさ》いで、結局のところディオンを受け入れるしかない状況《じょうきょう》に置かれていることに気付いて――そこから逃げ出すにはどうしたら良いのか、そういう類《たぐい》の相談だろうか。

後ろ暗い心当たりに顔を真顔にするディオンに対して、宰相が少しうんざりとした調子で言葉を続ける。

「相談というのは――陛下に関してのことですが、悪いものではありません。だから、あえて陛下には内密にしておくつもりだったのです」

「俺？」

相談の内容が悪いものではなく、ディオンに関係することならば、なおさらディオンに一声あるべきなのではないか。そんな不快感と、真っ先に相談を持ちかけられたのが自分で無かったことに嫉妬《しっと》がちらつく。

クレアが、そんなディオンに呆《あき》れた視線を向けて言った。

「その相談の内容というのは？」

宰相が、ややげんなりとした顔で言う。

「陛下が向ける『愛』にどうやって応《こた》えたら良いのか分からない、と掻い摘《つま》んで言えばそんな内容です」

「――は？」

あまりにも予想外の言葉に、ディオンの口からそんな言葉が転がり出る。宰相の答えに、異母妹は軽く眉《まゆ》を上げて言った。

「――なるほど、確かにそれは兄上に相談出来ない。……というか兄上、大丈夫《だいじょうぶ》ですか？」

「……あまり大丈夫では無い」

応え方なんて、そんなもの。

ただ、ディオンの腕《うで》の中で愛でられてくれればそれで良いのだ。それなのに、そんなことをされたらいじらしくて堪らない。

思わずこめかみを押さえたところで、クレアが言った。

「堅物《かたぶつ》宰相と生真面目《きまじめ》な医者が手を持て余して、出来物の公爵令嬢を相談相手に選んだのは分からないでも無い。兄上の伴侶となるのならば、社交界にも橋渡《はしわた》し役が必要だ。お相手がヒト族なら、なおさら――。そういう意味で、シルヴィア嬢《じょう》の起用は間違《まちが》っていなかったと思うが、何がどうしてそんなに慌《あわ》てている？　シルヴィア嬢は何を言ったんだ？」

クレアからの問いに、宰相はディオンと別の意味でこめかみを押さえながら言った。

「茶会には侍従《じじゅう》と侍女《じじょ》が同席しておりまして、あまりに二人が見かねたために私のところへ話が来たのです。要約すると『どういう了見《りょうけん》であんな令嬢を紹介《しょうかい》した』というところになりますが――」

「……一体何を言えば、侍従と侍女にそこまで言われるんだ？」

クレアが呆れた声を出した。

賓客《ひんかく》用の部屋で不愉快《ふゆかい》な思いをさせた自覚があるために、エリシャ専属の使用人については侍従長と共に慎重《しんちょう》に人選を重ねた。

コリンとサーシャは共に勤務歴も長く、熟達した者にありがちな驕《おご》りを見せず、淡々《たんたん》と仕事を全《まっと》うする姿勢が好ましく起用となったのだ。その二人が宰相の設定した茶会に対して文句を言うというのは、相当なことがあったのだろう。

言い淀《よど》んでいた宰相は、やがて観念したように溜息《ためいき》と共に一気に言葉を紡《つむ》いだ。

「リヴェリエ公爵の令嬢がエリシャ様へ告げた内容というのは要するに『Ω嫌《ぎら》いである陛下でもα性である以上、Ω性に惹《ひ》かれたのは事故のようなものだから仕方がない。王妃《おうひ》は自分が務めてやるから、お前は側妃に甘んじろ』――だそうです」

「――――は？」

ディオンの口からこぼれ出た声は、氷よりも冷たかった。

クレアが呆気《あっけ》に取られた口調で言った。

「それを本当にシルヴィア嬢が言ったのか？　兄上が私室に置いている他国の王族相手に？　正気か？　シルヴィア嬢は錯乱《さくらん》でもしていたのか？」

「私も耳を疑いましたが、正気で本気で言っていたようです。公爵令嬢の付き添《そ》いをしていた侍女も止める様子が無かったそうで――令嬢の振《ふ》る舞《ま》いについては、リヴェリエ公爵に問いただしているところですが――。結局、本題を相談することは叶《かな》わず、余計なことを吹《ふ》き込まれてエリシャ様は大分、混乱されてお疲《つか》れの様です。緊急《きんきゅう》の案件もありませんし、どうぞ今日のところはお部屋へお戻り下さい」

私の一存で申し訳ございませんでした、と頭を下げる宰相に対してディオンが目の前が真っ赤になったような怒《いか》りに駆《か》られる。

大事に大事に腕の中に抱《かか》え込んでいた相手に、無遠慮《ぶえんりょ》な言葉を投げつけられては平静でいられない。そもそも、まだ伴侶《はんりょ》になる承諾《しょうだく》すら貰《もら》っていないというのに、自分が優位にいる気で、今後の挨拶《あいさつ》を寄越《よこ》す心根も怒りを煽《あお》って止まらなかった。

「兄上」

酷《ひど》く攻撃《こうげき》的な感情が止まらない。

歯を食いしばるようにして、声をかけて来た異母妹に目を向ければ、クレアの朱色《しゅいろ》の瞳《ひとみ》が細められた。そのまま相手が言葉を紡ぐ。

「エリシャ様というのは、兄上にとっての唯一《ゆいいつ》ですか？」

「――『運命』だ」

振り絞《しぼ》るように言葉を紡ぐ。

相手が自覚していようといまいと関係無い。他《ほか》ならぬディオンが、エリシャを運命と見定めた。それ以上も以下も無い。

そんなディオンの返答に、朱色の瞳を細めてクレアが言った。

「分かりました。先ほどの件と、この件についてはわたしが預かりましょう。上手《うま》く行くように宰相《さいしょう》と合わせて取り計らうので、兄上は急いで部屋にお戻《もど》り下さい。──そんな攻撃的な香《かお》りを出されたのでは、他の者が倒《たお》れてしまいますよ」

お幸せに、と異母妹に言われてディオンは椅子《いす》を蹴《け》るようにして執務室《しつむ》を後にした。

──Ω嫌い、というのは、即位《そくい》してからあわよくば王妃や側妃の座に就こうと寄ってきたΩ性の者たちや、縁談《えんだん》の話などを片っ端《ぱし》から断っている内に付けられていたディオンへの揶揄《やゆ》を含《ふく》んだ呼び名だ。

父がΩ性の妃を五人も持っていたことから、余計にディオンの潔癖《けっぺき》ぶりが目立ったのもある。そのせいで、いつの間にかディオンが王妃に据《す》えるとしたら「β性」だろうという見解が貴族の間で浸透《しんとう》しつつあったのは知っていた。

だが、まさかそれがこんな風に作用するとは思いも寄らなかった。

ディオンはただ、待っていただけだ。

ディオンの腕にぴったりと収まる、たった一人を。

待ち望んで、それ以外は必要としないと決めていただけだ。

その話がいくら捻じ曲がったとはいえ、どうしてこんな形を取るのか。

そして、どうしてそれがエリシャの耳に入ることになるのか。

あまりの事態に怒りが止まらない。異母妹に忠告された攻撃的な香りを抑えることが出来ない。その為《ため》なのか分からないが、王の私室へと繋《つな》がる廊下《ろうか》には誰《だれ》の姿も見当たらなかった。

床《ゆか》を蹴りつけるようにして、力強く大股《おおまた》に歩を進める。

仮にディオンが王を続けるにしろ、伴侶——王妃とするのは、たった一人だ。

そして、その相手はもう決まっている。

異母妹クレアに激怒《げきど》されるのを承知で即位を持ち出したのは、エリシャがヒト族だからに他ならない。先の戦争を引き起こしたニアレイズの評判は悪く、それに伴《ともな》ってヒト族の評判もよろしくない。賓客であるエリシャに対する使用人の仕打ちから、それは明らかなことだった。

エリシャを王妃として認められないのならば、王位を手放してしまった方が良い。

勝手なことは重々承知だ。

けれど、ディオンはもう唯一を見つけてしまった。出会ってしまった。惹かれてしまった。

それを受け入れられないという自国に、義務と責任を果たし続けるのは、きっと困難だ。たぶん、己《おのれ》の唯一を認めない国そのものが憎《にく》くなる。私情から苛烈《かれつ》な策を強《し》いてしまいそうだ。

そして、父以上の愚王《ぐおう》に成り下がる気がする。

それぐらいなら、最初から位を退いた方が良いとそう思った。

周囲を納得《なっとく》させる為だけに、誰かを王妃に立てておく。それは賢《かしこ》いやり口ではあるが、同時に小狡《こずる》さを感じさせる。心の中で、真の妃はとっくに決まっている。それを押して、お飾《かざ》りの王妃を持つような器用な真似《まね》は——ディオンにはとても出来ない。

そんな欺瞞《ぎまん》を演じるならば、さっさと王なんて位は捨ててしまった方が良い。

顔も思い出せない公爵令嬢《こうしやくれいじよう》に殺意が湧《わ》いた。

そんな欺瞞の筋書きに、エリシャを引き込もうとしたところで許し難《がた》い。何より、欺瞞を承知で「王妃」という地位に就《つ》こうだなんて――あまりにも小賢《こざか》しい。

性根《しようね》の部分は父親譲《ゆず》りの野心家だったらしい。父親と違《ちが》って、出来物に見せかける面の皮が分厚かったようだが。

咄嗟《とつさ》に割って入った異母妹の采配《さいはい》に感謝しか湧かない。

ディオンは怒り狂《くる》ってしまい、まともな処罰《しよばつ》が出来ない自信があった。――なんなら、その公爵令嬢の首を激情に任せて噛《か》み砕《くだ》いてしまいそうだ。

執務室から私室への距離《きより》をこれほど長く感じた事はない。

ようやく見慣れた扉《とびら》が目に入ったところで、ディオンは目眩《めまい》を覚えて壁《かべ》に手を突いた。

怒りのあまり目が眩《くら》んだ――のではなく、廊下に漂《ただよ》う濃厚《のうこう》過ぎる甘い香りのせいだ。

甘い甘い甘い甘い――熟《う》れ切った真っ赤な実。

極上《ごくじよう》の石榴《ざくろ》。

その芳香《ほうこう》が、いつもよりも、ずっと強く嗅覚《きゆうかく》を刺激《しげき》する。

「――エリシャ？」

口の中で転がすように呟《つぶや》いた名前すら甘い。極上のご馳走《ちそう》を前にした時のように唾液《だえき》が口の中に湧いてくる。それを飲み下して、奥歯を噛みしめながら、見慣れた扉に手をかける。

扉が開いた途端《とたん》に、それまでと比べものにならない濃厚な香りが鼻を衝《つ》いた。

「エリシャ？」

渇《かわ》いた声で名前を呼んでも、返事は無い。

紗《しゃ》のかかっていない天蓋《てんがい》付きの寝台《しんだい》の上に、乱れた寝具があるだけだ。

けれども、強烈《きょうれつ》な芳香の源は間違《まちが》いなくその辺りにある。

膝《ひざ》を突いて、寝台の下をのぞき込むと——小さな啜《すす》り泣きが聞こえた。寝台の下に、何かに包《くる》まった塊《かたまり》が震《ふる》えている。手を伸《の》ばせば、その塊が小さく動いて、少しだけ差し込む光で濡《ぬ》れた瞳が光っている。

呼吸が浅く短くなる。

「……エリシャ」

わざわざ柔《やわ》らかい寝台の上から降りて、どうしてこんな暗くて狭《せま》い寝台の下に潜《もぐ》り込んでいるのか。問いかけようとするよりも先に、濡れた音が耳に響《ひび》いて——目の前が真っ白になる。

浅い息がいっそう荒《あら》く、熱くなった。それこそ「獣《けもの》」よろしく、相手を引きずり出して蹂躙《じゅうりん》してしまいそうな衝動《しょうどう》を、歯を食いしばって押し殺す。

「——エリシャ」

おいで、と呼びかけても濡れた瞳は答えない。

また小さく啜り泣く音がするのに、気が狂いそうになる。

「エリシャ?」

「………だ、め」

熱に浮《う》かされたように、答える声がふわふわとしている。絞り出された否定の言葉に間髪《かんはつ》を容《い》れず聞き返す。

「何が駄目《だめ》だ?」

「陛下……お願いですから——」

出て行って下さい、と嘆願《たんがん》する声に苛立《いらだ》ちが湧《わ》いた。

「ここは俺の部屋で、君は俺のものだろう?」

どうして出て行かなければいけないのか。

訊《き》いたところで答えないエリシャに苛立って腕《うで》を伸ばした。寝台の下で縮こまる体を無理矢理に引き出して抱《だ》き上げて——エリシャの頬《ほお》が、桃色《ももいろ》を通り越《こ》して鮮《あざ》やかな薔薇色《ばらいろ》に染まっているのに驚《おどろ》いた。上気した白い肌《はだ》。包まっていた毛布が、じっとりと湿《しめ》っている。ただ寝台に置くために抱き上げた相手の体が、びくびくと陸に上げられた魚のように痙攣《けいれん》した。

石榴の匂《にお》いが、いっそう濃《こ》くなる。

目眩が、した。

「エリシャ——」

「あ、だめ——だめ——へいか」

与《あた》えた赤い首輪ごと、項《うなじ》を庇《かば》うように身を縮めるエリシャの様子に、喉《のど》が鳴る。最初に出会った時の、本能から来る一種の義務的な衝動よりも、今は恋情《れんじょう》や欲情《よくじょう》が上乗せされている分だけ性質《たち》が悪い。噛ませてくれれば良い、とそう言った口が、我慢《がまん》出来ないと涎《よだれ》を滴《したた》らせている。

「――何が駄目なんだ？」

寝台の上に下ろした体は、簡単に後ろに倒れた。毛布に包まっていた体が露《あら》わになって、着ている服がしどけなく開《はだ》けている。

エリシャの息も、今までに無いほど荒い。

肩《かた》で息をする相手の様子と、ほんの少しの刺激にも体を揺《ゆ》らす様子。何より、強烈にディオンを惹《ひ》き付ける芳香からして――間違いなく発情期だ。

「エリシャ」

呼びかけながら、露わになっていた肌に吸い付いた。右胸の尖《とが》りは散々に自分で触《ふ》れていたらしく、じっとりと熱を帯びて赤く色づいている。爪《つめ》の先で優《やさ》しく弾《はじ》くようにしてやりながら、肌を味わうように舌を這《は》わせると、エリシャの足が宙を蹴った。

「ひっ――あ、っ、あ、あ――ッ」

赤い瞳《ひとみ》がとろりと粘《ねば》り気を帯びる。びくびくと体を震わせながら、それでも頑《かたく》なに項を守るように首輪を握《にぎ》り締《し》めるエリシャの掌《てのひら》を見つめながら、ディオンは低い声で呼ぶ。

「エリシャ」

「ぅ――うう」

閉じた瞼《まぶた》からボロボロと涙《なみだ》が落ちていく。体を伸ばすようにして、顔を近付けると、唇《くちびる》の隙《すき》間《ま》から小さな声が聞こえた。

「――で、――い」

「……なに？」

――噛まないで、下さい。

「――」

消え入りそうな声で、振《ふ》り絞《しぼ》るように為《な》された嘆願に、思わず顔が歪《ゆが》んだ。

首を折るようにして、相手の肩口《かたぐち》に顔を埋《うず》めた。

芳醇《ほうじゅん》な誘《さそ》う香《かお》りが鼻に届く。

発情期に入れば、Ω性は自然にα性を求めるように体の仕組みが出来ている。それを抑えつけてまで、そんな言葉を、そんな風に口にされて――それを無視して、その項に歯を立てることなど出来る訳が無い。

「エリシャ――……」

体を小さく震わせながら泣きじゃくる相手に宥《なだ》めるように声をかけて、そのまま小さくこめかみに口付けて言う。

「大丈夫《だいじょうぶ》だ、噛まない」

その言葉に、エリシャの体が震えた。

「……い？」

切れ切れの息で確認《かくにん》するように問いかけるのに、頷《うなず》いて答える。

「噛まない」

だから、大丈夫だ。

幼子に言い聞かせるようにしながら体を優しく撫《な》でる。

「……本当、ですか？」

「本当だ。噛まない」

だから、大丈夫だ。

言い聞かせれば、押し倒《たお》した体からようやく力が抜《ぬ》ける。そのまま伸びた手が、背中に縋《すが》り付くのを合図に、ディオンは噛みつくようにエリシャの薄《うす》い唇に口付けた。

第四章

シリオンの王都の隅《すみ》にある、とある酒場にて。

「――なぁ、知ってるか？　ニアレイズの話。あそこは酷《ひど》い国だぜ」

薄暗《うすぐら》い店の中。店主と向き合うように置かれた長方形の台に身を預けて、酒の入った杯《さかずき》を傾《かたむ》けながら、商人の形《なり》をした獅子《しし》族の男が言う。

それに近くの卓《たく》で杯を口に運んでいた男が振り返って口を挟《はさ》んだ。

『ヒト族様』の国だろ？　あそこが酷いなんて、皆《みな》知ってるさ」

「本当だな。奴《やつ》らのやったことを見てみろよ。どっちが人でなしなんだか――」

「周りの国も良い迷惑《めいわく》だぜ。アルニア侯爵《こうしゃく》の奥方様の国だって被害《ひがい》を受けたそうじゃねぇか」

口を挟んだ男の卓に腰掛《こしか》けていた男たちが、次々に同調する言葉をかけるのに、最初に話を振った商人風の男が意味ありげに言った。

「あの国が酷いのは、何も俺たちに対してだけじゃないんだぜ」

「あぁ？」

「なんだよ、そりゃあ」

「おい、どういう意味だよ」

好奇心《こうきしん》を惹かれたらしく、身を乗り出す男たちに訳知り顔の男が口を開いた。酒場全体が男の話に耳をそばだてるまで、そう時間はかからなかった。

＊＊＊＊

――濡れた音が、する。

それと同時に鼻を掠《かす》める香りが、甘さをまた一段と増した。夢中になって縋り付けば、柔《やわ》らかな毛並みの感触《かんしょく》がして、肌を擽《くすぐ》るのがたまらずに仰《の》け反るようにして息を吐《は》く。

自分で慰《なぐさ》めていた時は、もどかしさと物足りなさで疼《うず》きが増すばかりだった体は、今は与えられる刺激《しげき》を貪欲《どんよく》に求めて止まらない。

「あ、ぁ――あ、あ」

だらしなくこぼれる声を咎《とが》められることもなく、むしろもっと声を出せと言うように、首輪を押し下げて、エリシャの目立たない喉仏《のどぼとけ》をディオンの肉厚の舌がべろりと舐《な》めた。

ぐちゅぐちゅと、ひっきりなしにはしたない音を立てるのはエリシャの下肢《かし》だ。そこにはディオンの片手が添《そ》えられていて、エリシャの後孔《こうこう》を優しく拓《ひら》いていっている最中だった。

まるで粗相《そそう》をしてしまったように、エリシャの下肢は濡《ぬ》れていて、ディオンの毛並みまでべったりと汚《よご》している。半透明《はんとうめい》の粘り気のある体液が、ディオンに触れられる度《たび》に、じわじわと体の奥から湧き上がって来る。それがどうしようもなく堪《たま》らない。

「あっ、あ――あ、ゆび……ゆび？」

散々、弄《いじ》くられて柔らかくなった内側に、濡れた感触が入り込んでくる。未知の感覚に恐怖《きょうふ》感《かん》を抱いて、思わず腰《こし》を引きながら舌足らずに確認すれば、優しい淡黄色《たんこうしょく》と目が合った。

「ああ、指だ」

そのまま、べろりと頬を舐められる。「毛繕《けづくろ》い」ですっかり馴染《なじ》みの物になった感触に、ほっとして身を委《ゆだ》ねていれば、エリシャの中に入り込む指がぐっと力を増した。ずるりと奥に指が入り込む感覚に、じんと痺《しび》れた感触が体を走り抜けて、指より奥からぬるりとした体液が溢《あふ》れ出してくる。

「あ――っ、あ」

少なくとも、第二性がα性やβ性であれば濡れない筈《はず》のそこが濡れている――ということは、どうやら自分の第二性は間違《まち》いなくΩ性だったらしい。そして、多少なりともまともに機能をしてくれているようだ。

そんなことをどこか冷静に思っていれば、いつの間にか移動したディオンの顔が、項《うなじ》を守るために巻かれた首輪に歯を立てている。赤い革製の首輪が軋《きし》んだ音を立てるのに、ぞっと恐怖《きょうふ》が過ぎってエリシャはディオンの赤い鬣《たてがみ》を掴《つか》んで引っ張る。

「か、噛《か》まないって――」

そう言った。

ぐずぐず泣きながら責め立てれば、ディオンがハッとしたような顔をして、それから申し訳なさそうに眉《まゆ》を下げて言う。

「──大丈夫だ。噛まない」

怖《こわ》かったな、と宥めるように再び頬《ほお》に唇を寄せられて、ほっとする。それと同時に、項のあたりがじくじくと疼いて、先ほど口からこぼれたのと異なる主張を発していた。

──噛んで欲しい。

今すぐに、牙《きば》を立てて噛みついて相手の物だという印を残して欲しい。

そんな衝動《しょうどう》が口から出て来そうになって、エリシャは慌《あわ》てて相手の体にしがみついた。

「──エリシャ？」

「陛下、奥──」

もっと、奥。

項と異なる疼きを発する部分に触《ふ》れて欲しい。そう強請《ねだ》れば、ディオンが一瞬《いっしゅん》息を止めてそれから、ゆっくりと長い息を吐いた。

「奥だな──？」

確かめるように言いながら、ずるりと内側に馴染んだ指が引き抜かれる。

「あ──ぅ、っ？」

どうして、と問うよりも先に、見かけとはかけ離《はな》れた繊細《せんさい》さで、ディオンの指がエリシャの後孔を優《やさ》しく広げて、そのままずるりと質量を増して入り込んでくる。

「あ──ぁあ、あ────ッ」

ずぶずぶと体の中に沈《しず》んでいく二本の指が、微妙《びみょう》に異なった動きで内側をかき回す。それに嬌声《きょうせい》を上げれば、くっと指先が折れて腹の内側を内部から優しく叩《たた》かれて、頭の中が真っ白になった。

「ひ──っ、ぁ、あ、あ──？」

びくっ、と体が跳《は》ねて、そのまま爪先《つまさき》にまで力が入る。今まで排泄《はいせつ》の時にしか触れたことの無い未成熟な性器が熱い。じんじんと熱の籠《こ》もるそこに戸惑《とまど》っていれば、ディオンの空いた手がそこを優しく握《にぎ》り込む。

「あ、ぁ──や、陛下、やだ──出る──漏《も》れる──いやだ、いやぁ──ッ！」

成人男性にしては小ぶりなそれを上下に扱《しご》かれると、尿意《にょうい》に近いむず痒《がゆ》さが下腹に溜《た》まっていく。その感覚にどっと汗《あせ》が噴《ふ》き出た。病人でも無いのに寝台《しんだい》の上で粗相をしてしまうかも知れない。恐慌《きょうこう》状態のエリシャに対して、エリシャのその感覚を容赦《ようしゃ》なく増長させてディオンは平静に言う。

「大丈夫だ」

「なに──なにが──？」

混乱して聞き返したところで、後孔にいっそう深く指が入り込んで、奥が拓かれる感覚にエリシャの体は後ろにしなる。突《つ》き出すようになってしまった性器を根本から握り込むようにして扱かれるのに、エリシャの頭は真っ白になった。

途端《とたん》に、性器から何かが迸《ほとばし》ってしとどに体を濡らす。

「――ひっ、――ぁっ、あ、あ、あ？」

一瞬、息が無意識に止まって、どっと浅い呼吸を繰《く》り返す。下肢はまだじんじんと熱い。性器が妙《みょう》な解放感と共に、ぴんと立ち上がっているのが分かる。嗅《か》ぎ慣れない生臭《なまぐさ》い香《かお》りに、ぼうっとしていれば、眦《まなじり》の涙《なみだ》を舐め取りながらディオンが言った。

「射精は初めてだったな？」

「しゃ、せ……？」

射精とは、なんだったろう。

言葉の意味を知っているはずなのに、ぴんと来ない。ぼんやりとディオンの言葉を繰り返すだけのエリシャに、微《かす》かな笑い声が落ちてくる。

「考えなくて良い」

「でも、ぁ、ぅ――ん――」

続けようとした言葉は、相手の唇《くちびる》に食べられた。肉厚の舌が口腔《こうこう》内を荒《あ》らすのと同時に、後孔を二本の指で責め立てられて、エリシャは気が遠くなった。体の内側から響《ひび》く濡れた音が耳を犯《おか》していく。それに堪らない気持ちで身を捩《よじ》りながら、ディオンの体に体をすり付ける。

毛並みが不規則に体を操るのに、鼻から抜《ぬ》けた息が妙に甘えているようで、そんな自分がどうしようもなく恥《は》ずかしい。けれど、ディオンはそれに対して嫌《いや》な顔を見せることなく——むしろ、もっと煽《あお》るようにエリシャの中に埋《うず》めた指の動きを激しくする。

「ひっ、あ、ぁ、あ——っ、あ、っう、うぅん——」

喉《のど》の奥まで舐め尽《つ》くすようにべろりと動く舌の動きに翻弄《ほんろう》されながら、必死に息継《いきつ》ぎをする合間に、腹の内側を強く押されてエリシャの体は痙攣《けいれん》するように跳ねた。

「あ、ぅ、あ、あ——？」

もはや意味のある言葉を発するのが難しい。通り抜けた熱の感触に痺れたようになりながら、体をすり付けていた相手の毛並みに、べったりと濡れたものが付着しているのに気が付いて怪《け》訝《げん》に首を傾《かし》げる。白く粘《ねば》ついた液体が、ディオンの赤毛を汚していた。

——これは、なんだっただろうか。

思わず首を傾げていれば、そのまま体を引き上げられるようにして、唇を貪《むさぼ》られる。唇の隙《すき》間《ま》から濡れた音と共に、荒《あら》い呼吸と微かな喘《あえ》ぎ声がこぼれた。ぼんやりとそれらを享受《きょうじゅ》していれば、ディオンがまたエリシャの体の内部からずるりと指を引き抜いた。

普通《ふつう》なら感じることの無い喪失感《そうしつかん》に、体全身が震《ふる》えてしまう。

浅く短い呼吸を忙《いそが》しく繰り返していれば、再び質量を増した指が後孔に押し当てられる。

「あ——あ、ぁ」

今度は、三本。

押し広げられた入り口が、濡れた音を立ててディォンの指を飲み込んでいく感覚に、腹の奥から滲《にじ》んだ熱がまたとろりと透明《とうめい》な液体になって、相手の指を更《さら》に誘《さそ》い込む。

堪らずに仰け反りながら、エリシャはディォンの体に腕《うで》を回してしがみつく。それに熱い息を吐きながら、ディォンがエリシャの鎖骨《さこつ》に歯を立ててむしゃぶりつくのに、あえかな声をこぼしてエリシャは目を閉じた。

＊＊＊＊＊

とめどなく体の奥から滑《ぬめ》りを帯びた透明な液体が溢れ出て来る。

三本の指で内側をかき回されて、自分でも知らない性感帯を引きずり出され、容赦なくそこを責め立てられてエリシャは息絶え絶えに寝台に顔を埋めていた。今まで排泄にしか使ったことの無かった器官から、幾度《いくど》も白濁《はくだく》を散らして絶頂を極《きわ》めたせいで、体がガクガクと震えている。

些《さ》細《さい》な刺激《しげき》にも敏感《びんかん》になってしまったエリシャを煽るように、ディォンが自身の性器の先端《せんたん》を、滑《すべ》る後孔《こうこう》にすり付ける。赤黒く硬《かた》いそれが擦《なす》り付けられる度《たび》に、すっかりと緩《ゆる》んだ後孔が物欲《ほ》しげにひくついた。

「──エリシャ」

うつ伏《ぶ》せになったエリシャの上から覆《おお》い被《かぶ》さったディオンが、切ない声で名前を呼ぶ。それにぶるりと体が震えた。返事をするよりも先に、項の辺りに生暖かい息がかかり、革製《かわせい》の首輪が軋む音と、金具に歯が当たる音がした。

「──噛《か》みたい」

興奮しきった獣《けもの》のように、はーッと荒い息の合間に、ディオンが嘆願《たんがん》を寄越《よこ》す。欲《よく》まみれの声に背中の真ん中がじわりと痺《しび》れた。ひたすら愚直《ぐちょく》なほどに欲しがられている事実が快感に変わる。

噛んで、と口走ってしまいそうになって、エリシャは顔を伏《ふ》せて敷布《しきふ》を噛んだ。そんなエリシャの様子に、ディオンが悲しげな声を出す。

「エリシャ」

駄目《だめ》か、と言いながら裸《はだか》の背中に頬《ほお》をすり寄せる。その感触《かんしょく》に背を震わせながら、エリシャは行為《こうい》になだれ込む前に相手の口から言わせた言葉を掲《かか》げる。

「噛まないって──言った」

それに唸《うな》るような声でディオンが言う。

「言った──」

「だから噛まないで──」

入れて、と言いながら相手の性器に押しつけるように腰《こし》を持ち上げる。そんなエリシャの行動に逃《に》げるのはディオンの方だ。苦しげな声でディオンが言った。

「入れたら——きっと、持たない」

我慢《がまん》が出来ずに噛んでしまう。そうしたら、約束を破ったことになってしまう。だから、入れられない。

愚直なまでに誠実な回答に、エリシャの方が追い詰《つ》められた気分になる。

「ひどい——」

愚図《ぐず》る子どものような声で相手を詰《なじ》りながら、エリシャはついに泣き出した。

項《うなじ》を噛まない。

ディオンはエリシャと約束をした。けれど、繋《つな》がったらその約束を守る自信が無いと言う。だから、挿入《そうにゅう》を躊躇《ちゅうちょ》している。そして、約束を反故《ほご》にしたことにならないように、エリシャに項を噛む許可を求めている。

ディオンの行動に間違《まちが》いは無い。

筋の通った説明をしているディオンも、相当無理をしているのだろう。エリシャの頭の脇《わき》に突いた両手は筋が浮《う》かんで、ぶるぶると震えている。

けれど、「噛んで」だなんてエリシャが言える訳が無い。

そう言えるのなら、最初から言っている。

だから、噛まずに行為を進めてくれと言っているのに、ここに来てそれは出来ないだなんてあんまりにも酷《ひど》い。丁寧《ていねい》に拓《ひら》かれた後孔の入り口ではなく、その更に奥が——とっくにディオンを受け入れるための準備を終えているのが分かる。今まで、そんな器官があることを意識したことも無かった。下腹の奥にある何かが熱い。そこが疼《うず》いて疼いて、どうしようもない。早くディオンが欲しい。欲しくて欲しくて、頭がおかしくなりそうだ。

早く早く早く。

そんな風に気持ちばかりが急《せ》いて仕方がない。その気持ちを反映するように、後孔からこぷりと溢《あふ》れ出した透明な蜜《みつ》が伝い落ちて敷布を汚《よご》していく。そんなはしたない様子を晒《さら》すエリシャを見下ろしながら、ディオンは言う。

「エリシャ」

噛んでも良いか。そう訊《たず》ねる声に、頭の中に公爵令嬢《こうしやくれいじよう》の鈴《すず》を転がすような声が蘇《よみがえ》る。

——国王の伴侶《はんりよ》がヒト族の側妃《そくひ》だけでは、さすがに貴族も民《たみ》も納得《なつとく》しませんもの。

それを思い出した途端《とたん》に、すっと意識が冷めて力の入らない四肢《しし》を叱咤《しつた》するようにしながら、エリシャはのたうつように寝台《しんだい》の上で身を捩る。

「も、いい——」

「エリシャ?」

「もう、いいですから——」

一人にして、と涙ながらに訴《うった》える。下腹の熱は収まりそうも無いし、苦しくて仕方がない。けれども、項を噛ませるぐらいなら、一人でこの熱に耐《た》えた方がマシだ。

ぐずぐずと泣きながら、もがくエリシャの体をディオンが捕《つか》まえた。

「エリシャ――」

途方《とほう》に暮れたような声でディオンがエリシャの名前を呼ぶ。

「君の体をこんな風にしたのは俺だ。俺が項を噛まなければ、君はβとして生きていけた。こんな風になったのは、君がΩで俺がαだからだ。だから――」

「いやだっ！」

ディオンの説得の言葉を途中《とちゅう》で遮《さえぎ》って、耳を塞《ふさ》いだまま拒絶《きょぜつ》の言葉を投げつける。駄々《だだ》をこねる子どものようだと思いながら、そんな行動が止められなかった。

「いやだ、いや――」

「エリシャ」

「いやだ、『責任』だったら、負わなくていい――！」

そんな形で相手に負われるのは御免《ごめん》だった。大勢いる中の一人。責任を負わざるを得ないから伴侶に迎《むか》えるだけの相手。

ディオンからそんな風に扱《あつか》われるのは、どうしても耐え難《がた》い。

これまで散々、責任の名の下にたらい回しにされて負《お》ぶさってきた。王族としてヒト族としてニアレイズの国の民として。今度はΩ性として、仕方がなくディオンに負われるのなら、いっそのこと放り出して欲しい。

　こんな出来損《そこ》ないのΩ性でも、物珍《ものめずら》しさから欲しがってくれるα性の一人もいるかも知れない。そんなことを思っていると、耳を塞いでいた手を引き剝《は》がされて、仰向《あおむ》けにされる。そのまま轟《とどろ》くような大声が降ってきた。

「俺には君が必要だと言っただろう！」

　淡黄色《たんこうしょく》の瞳《ひとみ》が怒《いか》りに燃えていた。それに息を呑《の》めばディオンが言う。

「項を噛むのを拒《こば》むのは、君の自由で権利だ！　だが、俺は俺の意思で君を愛して伴侶になりたいだけだ！　それを単なる責任感だと片付けられるのだけは承知出来ない!!」

　凄《すさ》まじい怒《ど》号《ごう》に近い声にビリビリと空気が震《ふる》える。普段《ふだん》のエリシャならば考えられないほどの勢いで、ディオンに向かって言葉を返す。

「知らない――！」

「なに？」

「そんなの知らない――！　分からない！」

　愛だなんてそんなもの――誰《だれ》も教えてくれなかったし、知らない。

　知らないからずっと怖《こわ》いのだ。感情などという一過性の代物《しろもの》に振《ふ》り回されるのは愚《おろ》か者、というのがニアレイズの常識だった。惹《ひ》かれる相手ではなく、より良い条件の、より子孫を残しやすい相手を選ぶこと。そして、ヒト族の繁栄《はんえい》に貢献《こうけん》すること。

その枷《かせ》が突然《とつぜん》無くなって、感情で判断しろと言われても、すぐに出来る筈《はず》がない。

不要だと言われていたそれをいきなり信じろだなんて言われても、困る。

それなら、義務的な責任の枠《わく》に相手からの好意を押し込めてしまった方がよっぽど分かりやすい。ただ、そうした時に生じるエリシャの胸に走る鈍《にぶ》い痛みも苦しみも――名前を付けられなかったけれど。

他《ほか》の誰かにも同じように分け与《あた》えられることの出来る気持ちなら、そんなもの寄越《よこ》さないで欲しい。噛まないで欲しい。エリシャのことを何一つ変えないままでいて欲しい。そうで無いと――きっと、死んでしまう。

自分でも戸惑《とまど》うほどに強烈《きょうれつ》な独占欲《どくせんよく》にどうしたら良いのか分からない。

どうしようもなく苦しい。苦しくて辛《つら》くて、仕方がない。

いつになく感情的になって泣き叫《さけ》ぶエリシャを見て、ディオンが一瞬呆然《いっしゅんぼうぜん》とした顔をして――それから静かに言った。

「エリシャ――」

「――なに」

「幸せにしたいだけなんだ」

先ほどの激昂《げきこう》が、どこかへ消え去ったような、祈《いの》りのような口調だった。

それにエリシャは聞き返す。

「幸せって——なに」

「分からない。でも、俺には君が必要だ」

「どうして——？」

こんなに苦しいのに、辛くて仕方が無いのに。

「愛しているから」

愛しているから苦しくて、辛い。

ディオンの言葉にエリシャは瞬《まばた》きをした。

それなら余計にそんなものは、手放してしまった方が良いのでは無いだろうか。エリシャもディオンも互《たが》いに苦しくて辛い気持ちを抱《いだ》くぐらいならば、愛なんてそんなもの手放してしまった方が互いのためになるのではないだろうか。

そんな言葉を口にしようとしたところで、顔を上げたディオンが言う。

「けれど、これを手放した時のことを考える方が——ずっと苦しくて辛い」

違《ちが》うか、と静かにディオンに問われてエリシャは沈黙《ちんもく》する。

芽生えた感情を手放すなんて、そんなこと簡単な筈だ。今までだって、色々と感じることも思うこともあった。けれど、それらは全《すべ》て抱《かか》えておくだけで無駄《むだ》なことだと手放して来た。だから、今回のことだって——きっと。

「エリシャ」

ディオンが静かに名前を呼んだ。

「――愛している」

告げられた言葉に、一瞬《いっしゅん》頭が真っ白になる。自分の顔が酷く歪《ゆが》んでいくのが分かる。ボロボロと涙《なみだ》をこぼしながら、エリシャはしゃくりあげるようにして、相手を詰った。

「ひ、どい」

「ああ――」

「ひどい――」

「そうだな」

鼓膜《こまく》を震わせる言葉の心地《ここち》よさに、息が出来なくなる。それを手放す時のことを考えると、先ほど抱いたのとは全く別の恐怖《きょうふ》で身が竦《すく》む。八方塞《はっぽうふさ》がりだ。どうしようと逃《に》げ場が見つからない。

「愛している」

「陛、下――」

「他の誰にも、この気持ちはやらない。約束を違《たが》えた時は死んでも良い」

エリシャ、と今まで聞いた中で一番優《やさ》しい声が呼びかける。

「苦しくて辛いのも、きっとこれから一生続く。それでも――二人でいれば、少しは楽になるだろう？」

「陛下――」

「一生、君だけだ。俺が手を伸《の》ばせる距離《きょり》にいるのに、俺の勝手な感傷で手を伸ばすのを躊躇《ちゅうちょ》するのは止めた。一人で泣かせたりしない。二度と、自分は誰にも必要とされないなんて言わせない。俺には一生、君が必要だ」

「陛下――」

「何に誓《ちか》う？　神でも何でも構わない。――だから、番《つがい》になってくれ。俺に項《うなじ》を噛《か》ませない理由が、俺を嫌《きら》いだからではなくて、俺を信じられないからなのなら、これからの全ての時間で信じさせてみせる。だから」

――噛ませてくれ。

そんな嘆願《たんがん》に体から力が抜《ぬ》ける。

呆《ほう》けたような顔で、ボロボロと涙をこぼすエリシャを見つめるディオンの瞳は、どこまでも優しい淡黄色をしている。

「……私だけ？」

「ああ」

「――本当に？」

「本当だ」

「陛下は――」

「ああ」

「――良いんですか？」

よく分からない感情に振り回されて、苦しくて辛くて不安で、それにぐちゃぐちゃになってしまうような未熟なエリシャで。子だって産めないかも知れないのに。そんな「出来損ない」を選んで、これから先――本当に後悔《こうかい》しないのか。

そう問いかけようとしたところで、ディオンが静かに言った。

「エリシャ」

呼びかけながら、身を乗り出した相手が鼻先を擦《こす》り合わせるようにして静かに言った。

「――愛している」

噛みたい、という懇願《こんがん》に、心のどこかで押し留めていた感情が決壊《けっかい》する。

「――――ぃ」

「エリシャ？」

「ごめんなさい――」

噛んで、と本当はずっと口にしたかった言葉をしゃくりあげながら告げる。煩《わずら》わしいことを考えてしまう頭より、体の方がずっと正直だった。首輪の下で守られていた項がちりちりと疼《うず》いている。

噛んで欲しい。

項を噛まれるのならば、ディオンで無ければ嫌《いや》だ。

相手を縛《しば》り付ける枷になるのではないかという懸念《けねん》以上に、本当は相手のものとしての証《しるし》が欲しくて――欲しくて欲しくておかしくなりそうだった。

「噛んでぇ……」

嗚咽《おえつ》交じりの嘆願に、ディオンからの返事は無かった。

代わりに相手の喉《のど》から、くぐもった唸《うな》り声が聞こえる。荒《あら》くなった息と共に唇《くちびる》を塞《ふさ》がれ、そのまま首輪に付いた金具をがちゃがちゃと弄《いじ》くる音が聞こえた。

カチリ、と微《かす》かな金属音と共に首元が解放される。

Ω性だと分かって、ディオンと共に過ごすようになってから、ほとんどずっと首に巻き付けていた革製の器具が無くなったのが心許《こころもと》なく――気持ちが良い。短く息をこぼしたところで、体が反転させられる。

うつ伏《ぶ》せになった寝台《しんだい》の上で、外された赤い首輪が無造作に投げ捨てられているのが目に入った。相手の瞳《ひとみ》と同じ色の宝石が飾《かざ》りに付けられた、赤い首輪。それをぼんやりと見つめていたところで、首筋に熱っぽい息がかかる。

「――噛むぞ」

確認《かくにん》のようで、宣言以外の何物でも無いそれに何度も頷《うなず》く。

途端《とたん》に項に立てられた歯に、ぞっとするほどの快感が体を走り抜けた。

「あ、ぁああああああああああッ」

何かが体の中で弾《はじ》けたような気がする。視界がチカチカと白く明滅《めいめつ》する。それと同時に、ぶわりと体の奥から何かが溢《あふ》れ出した。

「ひっ、ぁ、あぁ、あーっ、あ、あ」

――欲しい。

相手の何もかもが欲しくて、自分の物にしたくて堪《たま》らない。

激しい衝動《しょうどう》が襲《おそ》うのに、快感でがくがくと震《ふる》える自分の体が思うように動かなくてもどかしい。嘆願を声に出すよりも先に、荒い息を耳元に落とすディオンからの問いが聞こえる。

「――入れて、良いか？」

返事が声にならない。ただ頷くことしか出来ないエリシャの意思は、正しく汲《く》み取られたようだった。覆《おお》い被《かぶ》さっていた体が少しだけ離《はな》れて、それから熱い昂《たか》ぶりが先ほど望んだ後孔《こうこう》にあてがわれる。濡《ぬ》れそぼった先端《せんたん》が、浅く沈《しず》んで突《つ》く感覚に、体が意図せずに跳《は》ねる。

「――エリシャ」

項を肉厚の舌が舐《な》める感触《かんしょく》に、震えが止まらない。一息に奥まで突かれると思ったのに、焦《じ》れったいぐらいにゆっくりと中を拓《ひら》かれていくのに、頭がおかしくなりそうになる。

「あ、ぁ、あ――あ、ゃ、ああ、あ――あ」

圧倒的《あっとう》な快感に体が勝手に逃げを打つ。けれど、相手の四肢《しし》で作られた檻《おり》から逃げ出すことは出来なかった。本当に逃げたい訳でもないけれど、縋《すが》るものが欲しくて、がっしりとした掌《てのひら》を思わず縋るように握《にぎ》る。それに、ディオンの甘い声が耳朶《じだ》を打った。

「エリシャ」

「ひっ、ん、ぁ、あ――ん、ぁ」

ぐちゅり、と体の奥で信じられないほど濡れた音がする。そのまま、ずるずると一気に奥まで押し入ってきた熱が、とんと最奥《さいおう》を突いたのに、エリシャの視界がチカチカと明滅する。

「あ、あぁ――ひぁ、あ」

背を反らして喘《あえ》ぐエリシャの耳に、ディオンの声が届いた。

「――俺のものだな?」

心も体も、全部。

夢うつつの口約束から、ずっと口にされて来た言葉を、今ようやく全身で実感する。びりびりと痺《しび》れが走るような実感が体を襲って、それに意識を飛ばしそうになりながらエリシャは何度も大きく頷いた。

肌《はだ》が汗《あせ》で湿《しめ》っている。排泄《はいせつ》の時しか意識しかなかった男性器が痛いぐらいに張りつめていて、そこから何かよく分からない液体がだらだらとこぼれている。

体全身が歓喜《かんき》に震えて、泣いていた。

エリシャは——この赤毛の獅子《しし》のものなのだ。

それに堪らない安堵《あんど》を覚えた。

手を伸ばせば、素肌《すはだ》に濡れた毛並みの感触がする。エリシャの肯定《こうてい》に、体の中に受け入れた熱が硬《かた》く膨《ふく》らんだ。檸檬《レモン》の香《かお》りが、甘さを濃《こ》くして鼻を掠《かす》める。

短い呼気と共に始まる律動に、エリシャは喘ぎ声を漏《も》らしながら、ただ体を委《ゆだ》ねた。

＊＊＊＊

手足に力が入らない。けれども、ずっと貪欲《どんよく》に相手のことを欲《ほっ》してばかりいる。

「ぅ、ぁ、あー、あっ、あ」

「エリシャ……」

大丈夫《だいじょうぶ》か、と問いながら最奥を抉《えぐ》るように突かれて、喉から掠れた息が漏る。すっかり泥濘《でいねい》のように蕩《とろ》けた後孔の内壁《ないへき》が、相手を引き留めようと無意識に蠢《うごめ》くのに羞恥《しゅうち》が押し寄せる。

どれだけの時間、こうして繫《つな》がっているのか。過ぎる快感と快楽の波に溺《おぼ》れて、幾度《いくど》も意識を飛ばしたエリシャにはよく分からない。

ただ、まだ相手と離れたくないという心だけははっきりしていて、力の入らない手足をディオンの体に巻き付ける。

「エリシャ」

「ん、くぅ、あ、ゃ——」

相手の肉厚の舌が、耳殻《じかく》をなぞり耳の穴まで舐めしゃぶる。直接に鼓膜《こまく》を叩《たた》く濡れた音にぞくぞくと体がしなって、そんなエリシャを支えるように太い腕《うで》が背に回る。

ディオンの鬣《たてがみ》に甘えるように顔を埋《うず》めれば、毛並みが不規則に肌を撫《な》でて、それにまた声が上がる。体の奥から湧《わ》き出てくる熱が収まらない。荒い息をこぼしながら、必死になってディオンにしがみつけば、エリシャのそんな気持ちを理解しているように優《やさ》しく穿《うが》たれた体を揺《ゆ》すぶられて、甘えた声が口からこぼれた。

ゆったりとした律動と共に、エリシャ自身がこぼした愛液と、体内に散々吐《は》き出されたディオンの白濁《はくだく》が混じり合ったものが、とろりと伝い落ちていくのが分かる。

「ぅ、あ、あーっ、や、やぁ——」

「なにが嫌だ？」

「出る——こぼれる、から——」

言葉と共に無意識に、穿《つ》つ相手の熱を締《し》め付けていた。

それにディオンが軽く息を詰めて言う。

「——また、注いでやる」

だから、大丈夫だ。

言われて安心感に力が抜《ぬ》ける。緩《ゆる》やかだった律動が徐々《じょじょ》に激しくなっていくのを感じながら、体をくねらせてエリシャは身悶《みもだ》えした。

「ひっ、ん、ぁ、あ――やぁ」

――発情期というのは、こんなものなのだろうか。

普段《ふだん》のエリシャならば絶対に言わない類《たぐい》の我が儘《まま》が口からこぼれて止まらない。

置いていかないで。

どうして離れるの。

一人に、しないで。

少しでも相手が体を離そうとする素振《そぶ》りを見せる度《たび》に、そんなことを口にしては両手で相手の体に縋ってエリシャは泣いた。普段の自分なら考えられないものばかりだ。

一人には、とっくに馴《な》れた筈《はず》なのに――。

そんなエリシャの我が儘に対してディオンはどこまでも寛容《かんよう》だった。だから意識のある時は、ずっとディオンと繋がっているか、繋がらずとも体はずっと触《ふ》れ合っていた。エリシャの望みは簡単に叶《かな》えられて、その他《ほか》の行為《こうい》は、ひたすらディオンの言うがままなすがままに施《ほどこ》されるだけだった。

今まで生きてきて、こんなに満たされたような、安心した心持ちになったことは無い。

そんな幸せな時間が――たぶん、もう少しで終わる。

快感に追われて快楽に溺れるばかりだったエリシャの思考が少しだけ、冷静になってきた。甘え縋ることに躊躇《ちゅうちょ》を覚えるようになって来たというのは理性が戻《もど》ってきた証《あかし》だろう。どうしようも無い疼《うず》きと熱が過ぎ去ろうとしている。

――寂《さび》しい。

そんな思いが体に連動して、相手の雄《おす》を奥へと誘《さそ》い込む。いっそのこと、何もかも忘れてずっとこのままでいたい。

力の入らない手足でしがみつくエリシャに、ディオンが荒《あら》い息を吐いた。

「エリシャ」

エリシャの名前を呼ぶ声は、どこまでも優しい。

行為の合間、ディオンが切れ切れに語った言葉を思い出す。

――俺は、Ω性が嫌《きら》いなんじゃない。

――俺が嫌いなのは、俺だ。

――「運命の番《つがい》」に出会った父は、他の妃《きさき》を全《すべ》て放り出して、最期《さいご》まで顧《かえり》みることをしなかった。そんな父を心底軽蔑《けいべつ》していたのに、父と同じ血を引いている自分が嫌《いや》だった。同じα性であることも。

――父と同じことをしでかしかねない自分が、ずっと嫌いだった。だから、ずっと誰《だれ》も側に寄せなかった。

――待っていた。

――他なんて要《い》らない。お前が、俺の「運命」だ。

――絶対に離さない。

ディオンが口にしていた「運命」というのが何なのか、よく分からない。まだエリシャの知らないα性とΩ性の何かなのだろう。とにかく、ディオンがエリシャのことを手放す気がないことだけは、これでもかというほど分かった。

そして、ディオンが他の誰かに手を伸《の》ばすことを心底エリシャが厭《いと》ったように――ディオンもエリシャが他の誰かに触れられることを厭っていることも。

項《うなじ》を何度も甘噛《あまが》みされて、強制的な絶頂に導かれながら、鼓膜を叩いた声を思い出す。

――俺のものだ。

何度も何度も、エリシャに刻み込むように紡《つむ》がれた言葉を思い出して背が震《ふる》えた。

エリシャは、ディオンのもの。

言葉だけ聞けば単なる所有物として扱《あつか》われているようだが、実際は違《ちが》う。エリシャの存在丸ごとを当たり前のように抱《だ》き締めて、その腕の中が居場所だと教えてくれる魔法《まほう》の言葉だった。

――嬉《うれ》しい。

誰かに必要とされる、そんな単純な嬉しさが、頭と体を満たしている。

泥濘のように濡《ぬ》れた内壁を甘やかすように緩やかな律動が続く。その揺れに無意識に体を合わせながら、エリシャはぎこちなく口を開いた。

「——……ディオン？」

何度も呼べ、と言われてようやく音にすることが出来るようになった名前を呼べば、エリシャの背に回った腕が力を強める。

「どうした？」

「ぁ——あ……」

「エリシャ？」

口ごもるエリシャに対して、ディオンは苛立《いらだ》つこともなく、ただ耳を澄《す》ましているのが伝わる。喉《のど》に何度か音をつかえさせながら、エリシャはようやく振《ふ》り絞《しぼ》って言葉を伝えた。

「あ——、あいして、る——」

放った途端《とたん》に、カッと全身が火照《ほて》る。これ以上にないほど熱くなったと思った体が、まだ熱くなる事実に驚《おどろ》いた。

何度も何度も、名前と共に告げられた言葉。

愛というのが、どんなものなのか分からない。けれど、ディオンが抱《いだ》くエリシャへの気持ちが、エリシャが抱くディオンへの気持ちと似ているというのなら——エリシャが持っていることの気持ちも、きっと愛と呼べるものなのではないだろうか。

恥《は》ずかしくなって相手の毛並みに顔を押しつける。

途端に、ぶわりと檸檬《レモン》の柑橘《かんきつ》の匂《にお》いが濃《こ》くなった。

「ふ、ぁ——？」

匂いに煽《あお》られるように、少し落ち着きを取り戻していた筈の思考が新しい熱に蕩けていく。

内側に埋《う》め込まれた熱から直接に感じる相手の鼓動《こどう》が、どくどくと速い。それを感じた途端に、また奥からとろりと濡れたものが溢《あふ》れ出していく。

——欲しい。ディオンが欲しい。欲しくて堪《たま》らない。もっと、欲しい。まだ足りない。

はしたない欲《よく》のままに、ディオンに体をすり付ける。そんなエリシャの体を軽々と抱いて、ディオンが呻《うめ》くように低い声で言った。

「くそ……」

はーッ、と荒い息が鼓膜《こまく》を揺らして、たったそれだけのことが快感に繋《つな》がる。思わず体を震わせるエリシャの耳に、ディオンの苦々しい声が響《ひび》いた。

「——少し休ませてやろうと思ったのに」

台無しだ、と呟《つぶや》きながら体を反転させられた。内壁《ないへき》が抉《えぐ》られる感触《かんしょく》に、目の前が白と黒に明《めい》滅《めっ》する。寝台《しんだい》の上にうつ伏《ぶ》せに組み伏《ふ》せられて、先ほどまでの緩やかな律動が嘘《うそ》のように、荒いものに変わる。敷布《しきふ》に擦《なす》り付けたエリシャの性器から、透明《とうめい》な液体がだらりとこぼれた。

「ひっ、ぁ、あーっ、あ、あ」

「エリシャ」

愛している、と切羽《せっぱ》詰《つ》まった声と共に、項に歯を立てられる。

ぞわりと駆《か》け抜けた感覚を、なんと表現すれば良いのか分からない。

エリシャの一段と奥をディオンの雄が穿って、その感覚に何も考えられなくなる。

「あ、ぁ、ひ、っ、ん、あ、やぁーっ」

がくがくと震えるエリシャの手足は、ぐしゃぐしゃになった敷布の上に投げ出されたまま、小さく痙攣《けいれん》したように跳《は》ねるだけだ。過ぎる快楽に生理的な涙《なみだ》が赤い瞳《ひとみ》から幾《いく》つもこぼれて落ちる。短く荒い呼吸をしながら肩《かた》で息をするエリシャの顎《あご》をディオンが摑《つか》んで、後ろを向かせると唇《くちびる》を塞《ふさ》がれた。

「んぁ、あ、あ……ぁ」

肉厚の舌が丹念《たんねん》に喉の奥まで貪《むさぼ》り尽《つ》くそうとする。それを受け入れるために、だらりと開いた口の端《はし》から唾液《だえき》が伝って落ちた。どちらのものか分からない荒い息の音と濡れた音が響く。

その合間に、声がした。

「――エリシャ」

愛している、と告げる淡黄色《たんこうしょく》の瞳がぎらぎらと熱いのに、エリシャはおずおずと自分から舌を差し出すようにして相手に口付けた。

＊＊＊＊

勤勉で知られる王が執務室《しつむ》に姿を見せない。

王城にいることは確かで、どうやら私室に籠《こ》もりきりになっているらしい。そんな話が王城に立ち寄った貴族たちの口から広がり、日頃《ひごろ》の勤勉ぶりを知る者たちから、賢王《けんおう》の急な病を懸《け》念《ねん》する声が上がったのはすぐのことだった。

王が私室に閉じこもってから三日。

王の容態を案じる声や、医師を差し向けようとする貴族たちに対して、それまで全ての問いに沈黙《ちんもく》していた宰相《さいしょう》は、端的《たんてき》な言葉を告げた。

「陛下は『運命の番』を見つけられた。今は番の方が発情期に入られたので、その相手をしているだけだ。心配無用」

その言葉に、王城は貴族を中心にひっくり返ったような騒《さわ》ぎになった。

色事に対して浮《う》いた噂《うわさ》の一つも無かった王の「運命の番」とは、一体どこの誰なのか。

もう番になったのか。

どうして今まで「運命の番」が見つかったことに対する説明が無かったのか。

そんな追及の声も上がったが、宰相は「発情期を終えたら陛下の口から説明がある」とだけ告げて、執務室に立て籠もった。

特に顔色を変えたのは、Ω性に無関心な振る舞《ま》いの王に、β性である我が子を嫁《とつ》がせ妃に据《す》えようと根回しをしていた貴族たちである。

いくら「運命の番《つがい》」といえども、相手は王妃《おうひ》に相応《ふさわ》しい家柄《いえがら》なのか。人格なのか。王城の使用人たちに対してしつこく探《さぐ》りを入れて詮索《せんさく》をし、やがて行き当たったのは——王が人質《ひとじち》としてやって来たヒト族の青年を私室に連れ込んでいたという事実であった。

またもや、貴族たちは騒然《そうぜん》とした。

ヒト族といえば、先の戦争で悪名高い種族である。そんな相手が王の番とは言語道断である。王は「運命の番」という肩書《かたが》きに騙《だま》されているに違いない。そんな風に憤《いきどお》った貴族たちは、相応しくない根拠《こんきょ》を固めるべく、あちこちに人を遣《や》り、シリオンに来てからのヒト族の王族の振る舞いについての話を集めた。

しかし、探せど探せど出てくるのは貴族たちにとって不都合な話ばかりだった。

賓客《ひんかく》であるヒト族の青年に対して、一部の使用人たちが無礼を働いていたこと。

それを咎《とが》めるでもなく、青年が酷《ひど》い仕打ちに耐《た》えていたこと。

そこから救い出したのが、他《ほか》ならぬ王自身であったこと。

王自らが青年を抱きかかえて私室に連れて行き、専用の使用人を付けるように侍従長《じじゅう》に言いつけたこと。

青年が身分等を気にして、王からの求婚《きゅうこん》を断り続けていたこと。

断片《だんぺん》的な話を繋ぎ合わせていくほどに、浮かび上がってきたのは人質といえども賓客に対して無茶を強《し》いている自国の実態だった。特に問題なのは王の振る舞いである。礼儀《れいぎ》のなっていない使用人を咎めるのは良い。しかし、そのまま賓客を自分の部屋に連れ込むとは何事か。そして、そのまま部屋に閉じこめて求婚をするなど――監禁《かんきん》の挙げ句、相手を手籠《てご》めにしたとされても仕方がない振る舞いである。

また、件《くだん》の青年がニアレイズの王族とはいえ大した力も後ろ盾《だて》も無いということが知れるにつれ、普段《ふだん》の王の判断とはかけ離《はな》れた紳士《しんし》的でない振る舞いに貴族たちの多くがますます頭を抱《かか》える羽目になった。

α性が力尽《ちからず》くでΩ性と関係を結ぶのは、第二性が浸透《しんとう》している多くの国で最も恥ずべき行為《こうい》である。

それを王がしてしまったとあっては、各国に向ける顔が無い。

特に、シリオンは先の戦争において「種族が異なるということを理由に、力尽くで他種族を従わせ、他国の平和を脅《おびや》かすような行為は到底《とうてい》見過ごせない」という大義名分と共に参戦をしたのだ。その戦争を率いた王が、よりにもよって敗戦国の王族であるΩ性を監禁し、発情期に行為に及《およ》んでいる。

それがどれほどまずい行為か――掲《かか》げた大義と食《く》い違《ちが》うことであるか。

いくら「運命の番」という名目があれど、避《さ》けては通れないだろう各国の非難や批判を恐《おそ》れた貴族たちは、それまでの騒がしさが嘘のように沈黙の構えを取った。

不気味な静寂《せいじゃく》が王城を中心に広がり、貴族たちに対して王の名において招集《しょうしゅう》がかけられたのは、王が執務室から姿を消して十日後のことだった。

「急な呼び出しで申し訳ない」

居並ぶ貴族たちを前にして、玉座に座った赤毛の獅子《しし》は淡々《たんたん》と言った。

広々とした謁見《えっけん》の間には、緊張《きんちょう》した面持《おもも》ちの貴族たちが詰《つ》めかけていた。固唾《かたず》を呑《の》んで王の言葉を待つ貴族たちに向かって、王は端的に告げる。

「俺の番が見つかった。『運命の番』だ。相手の承諾《しょうだく》を得て項《うなじ》も噛《か》んで、体も重ねている。是《ぜ》非《ひ》、伴侶《はんりょ》に迎《むか》えたい」

誰《だれ》も寄せ付けなかった王からの報告に、普《ふ》通《つう》ならば祝福に沸《わ》き立つだろう謁見の間は静まりかえっていた。

口を開いたのは、王の異母妹であるアルニア侯爵《こうしゃく》だった。

いつもの凛々《りり》しい男装で、侯爵は貴族たち全員が共通で胸に抱《いだ》いていた疑問をぶつける。

「おめでとうございます、国王陛下。ところで、そのお相手というのは、どこのどなたなのでしょうか？」

玉座に一番近い席。朱色《しゅいろ》の瞳が向けた質問に、王は顔色を変えずに淡々と答えた。

「ニアレイズの王族、エリシャ・ルクス・フォンティーナだ」

その言葉にどよめきが起こった。やはりという落胆《らくたん》と、ヒト族を王の伴侶に据えるということに対しての拒絶《きょぜつ》反応を如実《にょじつ》に示したどよめきだった。

アルニア侯爵が発言をしたことで、堰《せき》を切ったように貴族たちが王に向かって言葉を向ける。

「陛下、ヒト族を伴侶にするというのは――」

「『運命の番』と仰《おっしゃ》りますが、さすがに王妃の座に戴《いただ》くのは――」

「他種族の王族とはいえ、それは前例がございませんし――」

「側妃《そくひ》とされるのですよね？　正式な王妃をすぐに決めませんと――」

一通り、拒絶と身勝手な要望が入り交じった言葉を受けてから玉座に座る王は身じろぎもせずに言った。

「俺は彼《か》の者以外を伴侶に迎えるつもりは無い」

断言に、非難の声が上がる。それに対して、王は淡々と言葉を続けた。

「単なる番ならともかく、相手は『運命の番』だ。今から別の伴侶を迎えたところで、俺はその相手に伴侶としての務めを誠実に果たせない。Ω性だろうとβ性だろうと、それは変わらない。――先王の二の舞《まい》は御免《ごめん》だ」

その言葉に、多くの貴族が口を噤《つぐ》んだ。

先王が「病気療養《りようよう》」の名目で、「運命の番」との生活に溺《おぼ》れるようにのめり込んでいたのは公然の秘密だった。更《さら》に死因が病死とされているが、自死だったのではないかという噂は根強い。そして、先王が急逝《きゆうせい》したことが原因でΩ性だった王妃や側妃たちが次々と亡《な》くなっていったのを知らない者はいなかった。

それを間近で見ていた王に、同じ轍《てつ》を踏《ふ》めと強いれる者は――いなかった。

その沈黙に対して王は言葉を続ける。

「もちろん、ヒト族が王妃になることに対して反発を抱くのも分かる。民《たみ》の声も聞く必要があるだろう。――だが、どうあれこれは譲《ゆず》れない。どうしても、彼の者を伴侶に迎えられないのなら、俺は王位を降りるつもりだ」

厳《おごそ》かになされた宣言に、貴族たちは一様に呆然《ぼうぜん》とした。

まさか、たかだか伴侶のことで王位を手放す者がいるなどと予想していた者は少なかったようだ。しかし、一部のα性の貴族からは王のその判断について感じ入ったような溜息《ためいき》がこぼれた。

王は言葉を続けた。

「後任については、アルニア侯爵に打診《だしん》をしている。俺の異母妹の侯爵としての手腕《しゆわん》を知っている者は多いだろう。俺は母の領地に伴侶と共に戻《もど》って、そこで一領主として暮らすことにする。――いかがだろうか？」

急な提案に対して声を発する者は誰もいなかった。

王の今までの治世に対して不満を持っている者はいなかった。先王と違い、私生活も潔白な王の有り様は民からも慕《した》われていた。その王の伴侶を――「運命の番」を、気に入らないと追い出すような真似《まね》を表立って出来る者はいなかった。

アルニア侯爵が場を冷静に見つめながら言葉を発した。

「――他種族の者が王妃になれない、というのなら、わたしの伴侶も王妃にはなれないということですね？　それならば王位を継《つ》ぐ訳にはいきません」

その言葉に、再び場がざわめいた。

現王に続く王位継承《けいしょう》者の筆頭は、間違《まちが》いなくアルニア侯爵だからだ。しかし、侯爵はΩ性の伴侶を貰《もら》い受け、その伴侶を溺愛《できあい》している。伴侶は一人だけと言ってはばからない侯爵に、王になるなら獅子族から王妃《おうひ》を迎えろと迫《せま》ることは難しい。

だが、侯爵の伴侶を良しとするなら――なぜ現王の伴侶を良しとしないのか、という話になる。猫《ねこ》族は良くてヒト族は駄目《だめ》だ、と公式に発表するようなことになれば、先の戦争へ介入《かいにゅう》した大義名分に傷が付く。

他種族へ勝手な序列を付ける振《ふ》る舞《ま》いを、他ならぬシリオンの国全体が行ったことになってしまう。

緊迫《きんぱく》した場の空気を破ったのは、謁見の間の隅《すみ》に控《ひか》えていた騎士《きし》団長の声だった。

「私個人としては、王に伴侶が出来たことはとても喜ばしく思います。お相手のフォンティーナ様が到着《とうちゃく》した際に案内役を務めましたが、驕《おご》ったところの無い聡明《そうめい》な方と感じて、私は好感を抱きました。——しかし、ヒト族の王族の評判もよく知っています。この場で、すぐに答えを出せというのは難しい問題ではないかと思います。何より、民にも問うべき事柄《ことがら》ではありませんか？」

その騎士団長の言葉に、貴族たちが救われたように頷《うなず》いた。

重要な決断をこの場ですることなど出来ない。しばらく時間をいただきたい。

その申し出に対して、王は頷いた。

「では——また改めて場を設ける。急なことですまなかった」

王がそう言って玉座を立った。

王が謁見の間を去ってから、その場に残った貴族たちは騒然《そうぜん》として話し合いを始めた。王の治世にも文句は無い。しかし、ヒト族に王妃の位を与《あた》えて良いものか。そもそも、そのヒト族について確かなことを知る者が誰一人いなかったことも混乱に拍車《はくしゃ》をかけた。その騒《さわ》ぎの中、そろりと気配を消すようにしていち早く謁見の間を後にしようとした者がいた。

リヴェリエ公爵《こうしゃく》である。

既《すで》に宰相《さいしょう》から娘《むすめ》の振る舞いについて厳しい詰問《きつもん》があったが、今日の王の言葉を受けてさらに己《おのれ》の娘の振る舞いのまずさを自覚させられた公爵は、一刻も早く屋敷《やしき》に帰ってこれからの身の振り方を考えようとしていたところだった。

そこへ――。

「リヴェリエ公爵」

響《ひび》いた声は、謁見の間を退いた王のものだった。

鬣《たてがみ》が根本から逆立つような感覚に襲《おそ》われ、公爵はぎこちなく足を止めてその場に膝《ひざ》を突いた。

「――これは、陛下」

震《ふる》える声の公爵に向かって、王は淡々と言った。

「令嬢《れいじょう》が心得違いをしていると聞いたが――俺の真意は先ほどの言葉で伝わったな？」

「もちろん――もちろんでございます。娘の勘違《かんちが》いで、陛下の番《つがい》の方には大変ご不快な思いをさせて申し訳なく……っ」

「分かっているのなら構わない。――令嬢の言葉は、まだ正式に番になる前のものだ。今回は、俺も聞かなかったことにしよう」

気を付けて帰ると良い、と言葉を残して王が踵《きびす》を返した。

その足音が聞こえなくなる前に、公爵は転がるようにして王城を飛び出した。

第五章

——長く独り身だった国王に「運命の番」が見つかった。

それが人質《ひとじち》としてやって来たヒト族の青年だ、ということについて一部の貴族たちが期待していたような反発や反対の声は民から起こらなかった。

ニアレイズにおけるα性やΩ性の取り扱《あつか》いについては、どこからか広まった噂話《うわさばなし》のおかげで酒場や市場を通して浸透《しんとう》していたし、城の使用人の口から賓客《ひんかく》としてやって来たヒト族の青年の薄幸《はっこう》な境遇《きょうぐう》は知れ渡《わた》っていた。それもあり、民の意見は不遇《ふぐう》な青年への同情へ傾《かたむ》いていた。

また、α性やΩ性からの「運命の番」を種族の隔《へだ》たりで引き離《はな》すのは可哀想《かわいそう》だという意見が主流を占《し》めて、シリオンの国は王都を中心に王妃の誕生を歓迎《かんげい》する雰囲気《ふんいき》に満ちていた。

意外過ぎる話に瞬《まばた》きをしたエリシャに向かって、コリンが笑って言う。

「民は大抵《たいてい》、弱い者の味方ですから」

「はぁ……？」

戦争を起こしたのは、あくまでニアレイズの先王であるエリシャの父親だ。そして、エリシャはその戦争に一切《いっさい》関《かか》わっていないのに、王族であるというだけで、たった一人でシリオンに送り込まれてきた。実の兄の顔すら知らず、僻地《へきち》で乳母《うば》と二人の貧しい暮らしをして来た王族

——。そんなエリシャの身の上の詳細《しょうさい》が知られるほど、エリシャに対する同情の声が相次いでいると言う。

血族の繋《つな》がりを重視するシリオンでは、ニアレイズのような扱いを我が子に強《し》いるのは有り得ないことらしい。おまけにΩ性ということが大々的に知れ渡った今、エリシャがニアレイズに送り返されれば命は無いということまで知られており、他種族だけに飽《あ》きたらずにα性やΩ性というだけで身内にまで残酷《ざんこく》な仕打ちをするニアレイズの王族への批判の声が高まっているそうだ。

とは言え、エリシャは相変わらずディオンの私室に身を置いているので——それらについての実感はあまり無いのだが。

初めての発情期を迎《むか》えて体を重ね、正式な番になってから、もうすぐ一月が経《た》つ。

はっきりと「番」がいるということを示す、噛《か》み痕《あと》の残る項《うなじ》。

それすら晒《さら》したくないから着けてくれ、というディオンの願いを聞いて、今日もエリシャの首には赤い革製の首輪が巻き付いていた。

——「運命の番」。

それについても、初めての発情期を終えてから診察《しんさつ》にやって来たスティン医師から説明を受けた。

どうしようもなく本能で惹《ひ》かれ合うα性とΩ性の結びつき。

それは、まるで夢物語で俄《にわか》に信じ難《がた》かった。

けれど、どうしてディオンが他《ほか》の誰《だれ》も気付かなかったエリシャのΩ性の香《かお》りに惹かれて噛みついたのか——Ω性としての機能がまともに働いていなかったエリシャがディオンのα性の香りだけを感知出来たのか。多くの「なぜ」を積み上げていけば、確かにそう説明されるのが一番しっくりと来た。

——どうしようもなく惹かれ合う、運命だった。

運命、という単語が、この上無く恥《は》ずかしくこそばゆい。

替《か》えが利く、むしろ替えにすらなれないような「出来損《そこ》ない」だったと言うのに。あまりにも立派な単語に恐縮《きょうしゅく》する。

「天候が心配だったのですが、晴れて良かったですね」

なんとなく居心地《いごこち》が悪くて首輪から下げられた装飾《そうしょく》の金剛石《こんごうせき》を指先で握《にぎ》るエリシャに、コリンが陽気な口調で言った。

王城の一角。

その中庭を開放して行われたお茶会は、穏《おだ》やかな空気に満ちている。

コリンが言う通りに天候に恵《めぐ》まれたことも幸いした。

柔《やわ》らかな日差しが注ぐ庭の中で、用意された丸テーブルの席に思い思いに腰《こし》を下ろした者たちが談笑《だんしょう》をしている。

「──お疲《つか》れですね」

相変わらず無表情で横に控えるサーシャが、エリシャの顔を見て言う。

それにエリシャは何とも言えない微笑《びしょう》を返した。

エリシャの祖国であるニアレイズにも、エリシャを王の「番」にしたこと──それから伴侶《はんりょ》に迎えたいという正式な使者が既に発《た》っていた。世論もヒト族の王妃誕生を後押しし、王の異母妹であるアルニア侯爵《こうしゃく》を筆頭にしたα性の貴族たちもこぞって「運命の番」と、王の仲を後押ししている。

そんな中で「ヒト族が王妃《おうひ》になるのはけしからん」と声を上げられる者はおらず、エリシャが王妃に就くのは「内定」していた。

そうなると、次期王妃であるエリシャと親交を深めておこうと企《たくら》む者たちも現れる。実際かなりの数の貴族たちが贈《おく》り物などを持参し、「ニアレイズからの賓客」への好意を示そうとしたらしいが、居室が王の私室であること──鉄壁《てっぺき》の無表情の侍女《じじょ》と、一見すると懐柔《かいじゅう》しやすそうな食わせ者の侍従《じじゅう》に、それらの貴族の思惑《おもわく》は散っていた。

今回の茶会は、そういう企みと無縁《むえん》で、今後社交界に出る時にエリシャの助けになってくれそうな者たちを吟味《ぎんみ》して──宰相主催《さいしょうしゅさい》の名目で行われたものである。

前回のリヴェリエ公爵令嬢《れいじょう》とのお茶会──公式には無かったことにされた──での人選の大失敗を教訓に、宰相が吟味に吟味を重ねた茶会の出席者たちは、爵位持ちのΩ性で既婚《きこん》者に限定されていた。

ニアレイズの王族とはいえ、あちらの国でまともに社交の場に出席をしたことが無い。そのため朝からエリシャは酷《ひど》く緊張《きんちょう》していた。ただでさえ白い顔を青ざめさせながら、各テーブルを回り、挨拶《あいさつ》を交《か》わして——ようやく最初の自身のテーブルに戻《もど》ってきたところである。

鬣のある男性のΩ性に、鬣の無い女性のΩ性。

誰もが茶会用の煌《きら》びやかな礼装に身を包んでいる。

エリシャの服装も、滑《なめ》らかな光沢《こうたく》のある白い生地《きじ》に、金糸で縫《ぬ》い取りをした煌びやかなものだ。ディオンが自ら選んできた衣装で、瞳《ひとみ》と首輪の赤がよく目立つ組み合わせになっている。

いつになく色々な獅子《しし》族の顔を見て、予《あらかじ》め宰相から渡されていた招待客のリストの名前と一《いっ》致《ち》させる作業に追われ、エリシャは疲労困憊《ひろうこんぱい》だった。

そんなエリシャの様子を見て、横に控《ひか》えていたサーシャが言う。

「——今日はお戻りになりますか？」

今回の茶会は、あくまで宰相主催のものだ。エリシャは一招待客に過ぎないから、挨拶を終えての今なら、中座しても他の招待客への失礼には当たらない。

サーシャの言葉に、エリシャは力なく頷《うなず》いて言った。

「申し訳ありませんが……」

その言葉にコリンが先導するように椅子《いす》を引いた。サーシャが手を引くのに、申し訳なく頭を下げながら立ち上がり、エリシャはふらふらと中庭を後にした。

中座の言葉をかけながら、建物の中に足を踏《ふ》み入れると、ひんやりとした空気にほっとした。

コリンが首を傾《かし》げて言う。

「随分《ずいぶん》、人がいないな――？」

「中庭の応援《おうえん》に駆《か》り出されているのでは？」

「それもそうか」

侍従と侍女の会話をぼんやりしながら聞きつつ、先導されるがままに回廊《かいろう》を歩いていると――不意に、背後から慌《あわ》ただしい足音が響《ひび》いてきた。

サーシャが眉《まゆ》を寄せて立ち止まり、エリシャを庇《かば》うようにして後ろを向く。コリンもすかさず振《ふ》り返ると、駆け寄ってきた相手に大股《おおまた》に足を踏み出して訊《き》いた。

「何か御用《ごよう》でも？」

駆けてきたのは、まだ年の若そうな獅子族の青年だった。枯《か》れ草《くさ》色の鬣《たてがみ》が、ところどころ撥《は》ねている。使用人の出《い》で立ちをしている青年は、忙《いそが》しく瞬きをしながら、しどろもどろに言った。

「あの――私の主人が、具合を悪くしまして――どうしたら良いか――」

落ち着かない様子で体を揺らしながら紡《つむ》がれた言葉に、コリンが軽く眉を上げる。

「貴方《あなた》は――ボルア子爵夫人のお付きの方でしたね？」

実質、エリシャの披露目《ひろめ》を兼《か》ねている茶会なので、客人の選定にはコリンも深く関《かか》わっている。どうやら招待客どころか、その付き人の顔も一致しているらしいことにエリシャが驚《おどろ》いていると、コリンが難しい顔をした。

「発情期？」

「その兆候が――」

口ごもる使用人の言葉に、先日のことを思い出してエリシャは眉を寄せた。じくじくと疼《うず》く熱を持て余し、誰にも見られたくない、見つかりたくない一心で――寝台《しんだい》の下に潜《もぐ》り込んだのは記憶《きおく》に新しい。

ディオンの腕《うで》が伸《の》びて来て、エリシャを寝台の下から救い出してくれるまで、疼く熱に侵《おか》された体と一人で向き合う時間は――ただただ拷問《ごうもん》だった。

コリンが言う。

「ボルア子爵は文官ですね――会計官をされていたと思いますが？」

「あ、はい――そうです。すぐに呼びに行くように、と」

「失礼ながら、子爵夫人はどこに？」

「まだ、席に――」

「子爵夫人に別室を用意しましょう。まずは夫人をそちらへ。ボルア子爵は私が呼びに行きます」

てきぱきと手筈《てはず》を整えたコリンが、サーシャと視線を交わす。

サーシャが小さく頷いて、エリシャの手を引いた。

動揺《どうよう》しているのか、小刻みに足踏《あしぶ》みをして落ち着かない様子の子爵夫人の使用人にエリシャは何気なく言った。

「──あの、お大事にとお伝え下さい」

エリシャのその言葉に、子爵夫人の使用人が驚いたように飛び上がった。そして、そのまま声を上擦《うわず》らせながら言う。

「えっ、あ、はい──お気遣《きづか》いありがとうございます」

相手の声が裏返っているのに、エリシャは少し首を傾げた。

この使用人の方も体調を崩《くず》しているのではないかと疑うほど、挙動がおかしい。それだけ主人の身を案じているだけなのかも知れないが。

思いながら、コリンが子爵夫人の使用人を促《うなが》して立ち去るのを見つめていると、サーシャが言った。

「ボルア子爵夫人の体調については、コリンが戻り次第《しだい》に教えてくれるでしょう。番《つがい》の方も王城にいるようでしたら、大したことにはならないでしょうし──部屋へ帰りましょう。まだ顔が青いです」

その言葉に頷いて、石畳《いしだたみ》の回廊の角を曲がる。

そこで、サーシャの足がぴたりと止まった。

エリシャも釣《つ》られて足を止める。どうしたのかと訊《たず》ねるよりも先に、エリシャを庇うように前に出たサーシャの背中の向こう側から、声がする。

「──そちらにいらっしゃるのは、エリシャ様ではございませんか？」

軽《かろ》やかな鈴《すず》を転がすような声音《こわね》。

それは聞き覚えがあった。

それも、嫌《いや》な方に。

「お久しぶりです。リヴェリエ公爵《こうしゃく》の娘《むすめ》のシルヴィアですわ。この間、心得違《ちが》いで大変失礼な態度を取ってしまったことをお詫《わ》びしたくて──ずっと、エリシャ様と会える機会を探しておりましたの」

そう言って現れたシルヴィアは、相変わらず顔だけはにこやかだった。

後ろにはエリシャへの侮蔑《ぶべつ》を隠《かく》そうともしない侍女を従え、その他《ほか》にも数人の侍従を引き連れている。

ぴりぴりとした緊張感《きんちょうかん》と、物騒《ぶっそう》な雰囲気《ふんいき》が漂《ただよ》っていた。

エリシャが口を開くよりも先に、サーシャがぴしゃりと言う。

「陛下がリヴェリエ公爵から謝罪を受けています。エリシャ様もそれで納得《なっとく》されていますので、過剰《かじょう》なお気遣いは結構です」

伴侶《はんりょ》を取るのなら「運命の番」だけ、と決めて誰《だれ》も側に寄せなかったディオンの様子に、一部の貴族たちが「Ω嫌《ぎら》い」と勝手な推測をしてβ性の年頃《としごろ》の娘たちを王妃にしようと躍起《やっき》になっていたというのは、茶会を設定した宰相から謝罪と共に聞かされた。

リヴェリエ公爵が、そのつもりで娘を英才教育していたことも。どうやら、リヴェリエ公爵の言葉を真に受けたシルヴィア嬢《じょう》が「自分は王妃になるのを当然」と思いこんでおり、普段《ふだん》の振る舞《ま》いが秀《ひい》でていたのは「この程度のことは王妃として寛容《かんよう》に受け止めて当然」という感情からのことであったことも。

――まさか、あれほど自分が王妃になると信じて疑っていないとは思いませんでした。

リヴェリエ公爵と、その娘のシルヴィアを揃《そろ》って問いただし、エリシャへの態度はどういうつもりだったのか――と真意を訊《き》いた時なされたという演説の内容に、冷静そうな黒獅子の宰相は心なしか窶《やつ》れていた。

そもそもシルヴィア嬢の強固な思い込みは、リヴェリエ公爵の教育の結果であり、親としてシルヴィア嬢の思い違いを正すように、きつく言い渡《わた》したと言っていたのだが――どうやら、その結果は芳《かんば》しく無かったらしい。

藍色《あいいろ》の瞳を細めて、シルヴィアが笑って言う。

「きちんとご挨拶《あいさつ》をしないと、わたくしの気持ちが収まりませんもの。この間は、あんな不躾《ぶしつけ》なことばかり話してしまって本当に恥《は》ずかしいですわ――。中庭のお茶会を終えられたのでしょう？　わたくし、王城の応接間を一つ借り受けましたの。そちらの席で、きちんとわたくしからの謝罪を受け取って下さらないかしら？　それから改めて仲良くしていただきたいのですけれど」

断られると微塵《みじん》も思っていない調子で言葉を紡ぐシルヴィアに、サーシャが切り捨てるように言う。

「必要ありません」

それにシルヴィアが藍色の目を見開いた。

シルヴィアの背後に控える侍女《じじょ》が、鋭《するど》い目つきでサーシャを睨《にら》む。

「――ねぇ。わたくしはエリシャ様に訊いているのよ？　以前も思ったけれど、あなたは口を慎《つつし》むことを覚えた方が良くてよ？　エリシャ様も大変でしょう、こんな躾のなっていない侍女では。わたくしの侍女は、わたくしに口答えしたことなんてありませんもの。ああ――使用人もいない生活をされていたのでは、分かりませんわよね。教育の仕方を教えてさしあげますわね」

さも、良い提案を思いついたとシルヴィアが両手を合わせる。

エリシャを庇うように前に出たまま、サーシャは一歩も引かずに言った。

「あいにく、侍女の職務は主人に盲信《もうしん》的に従うことではなく、主人が誤ったことをしそうになるのを正すことと心得ておりますので――その教育とやらは必要ありません」

その言葉にシルヴィアとサーシャの間で、見えない火花が散った。

ひんやりと心地《ここち》よかった建物の空気が、今や薄《うす》ら寒い。

コリンが呟《つぶや》いていたように、回廊は人の気配がまるでしなかった。助けを呼ぶのも逃《に》げ出すのも、相手の人数を見るに不可能だろうと予測が付いた。思わず生唾《なまつば》を飲んだエリシャの前に立っていたサーシャが、声に軽蔑《けいべつ》を滲《にじ》ませながら言った。

「失念していましたが、ボルア子爵《ししゃく》の領地は、リヴェリエ公爵の領地と接していましたね」

「え？」

サーシャの呟きに、思わずエリシャは声を出す。

それにシルヴィアが楽しそうに笑って言った。

「ああ――そう言えば、子爵夫人は体調を崩されたようね。心配だわ」

その言葉に、サーシャが淡々《たんたん》と言う。

「茶会に出ていないあなたがどうして子爵夫人の体調不良を知っているのでしょうか？　原因に心当たりでもあるのでしょうか？」

「いいえ？　わたくしはお茶会の前に子爵夫人とご挨拶をしただけですもの。その時に小さなお願いをして――わたくしのお願いを叶《かな》えてくれないのなら、ボルア子爵の領地運営が大変になるかも知れないとは言いましたけれど。それからボルア子爵のお体にも、何か障《さわ》りが出るかも知れないと」

軽やかに告げられた内容は、とても聞き流すことの出来ないものだった。エリシャは思わず口を開く。

「それは――」

脅迫《きょうはく》と言うのではないか。

咎《とが》めるような視線を向けたエリシャは、シルヴィアの藍色の瞳《ひとみ》を見て、口を噤《つぐ》んだ。

自分が正しいことをしていると、信じて疑わない――澄《す》みすぎるほど澄んだ藍色の瞳。

誰の言葉も響《ひび》かない、届かない色。

それは、エリシャが祖国でよく見てきたものだった。

「――お招き、お受けします」

エリシャの言葉に、サーシャが険しい顔のまま振《ふ》り返った。それにエリシャは眉《まゆ》を寄せたまま首を振った。

この手の人間は、自分の思い通りになるまで決して引かない。

どんな手段でも使うし、そこに罪悪感の欠片《かけら》も無い。

なぜなら、自分が「正しい」と確信しているから。そして、その論理に適《かな》っていない者には何をしても良いと思っている節がある。

下手《へた》に逆らうと危険だ。

それについては、エリシャは嫌と言うほど、よく知っていた。

このまま逆らい続けると、サーシャに危害を加え兼《か》ねない。サーシャの腕《うで》を引いて、首を振るエリシャの様子に、唇《くちびる》を固く引き結んでサーシャが静かにその横に付いた。

場違《ばち》がいなほどに明るい声を出したのはシルヴィアだった。

「エリシャ様は本当に賢明《けんめい》であらせられて嬉《うれ》しいですわ。とびきりのお茶と茶菓子《ちゃがし》を用意させていただきましたの。ぜひ、召し上がって下さいね。わたくしからの謝罪ですから」

＊＊＊＊

ディオンは怒《いか》りで目の前が眩《くら》んだ。

呼吸が勝手に荒《あら》くなり、目が冴《さ》え冴《ざ》えとして物の輪郭《りんかく》がはっきりと分かる。鬣《たてがみ》と言わず、全身の毛が逆立っている。

そんなディオンから距離《きより》を取るように宰相《さいしょう》が後退《あとずさ》りして、騎士《きし》団長が眉を顰《ひそ》めた。

コリンが深く頭を下げ、その後ろではボルア子爵夫妻がさめざめと泣いている。

「――リヴェリエ公爵《こうしゃく》を呼べ」

その言葉に部屋の隅《すみ》に控《ひか》えていた侍従《じじゅう》長が何も言わずに飛び出した。

怒りを抑えることが出来ない。

――噛《か》み殺しておくべきだった。

物騒な思考を承知で拳《こぶし》を握《にぎ》れば、無意識に飛び出た鋭い爪《つめ》が、ディオンの掌《てのひら》に食い込んだ。

知らせが飛び込んできたのは、ニアレイズの国への今後の対策を宰相と騎士団長と共に話し合っている最中だった。

ニアレイズからは相変わらず国民の流出が止まらず、国境を接する諸国からその扱《あつか》いをどうしたものか相談が相次いでいた。

また、先日送ったエリシャへの正式な求婚《きゅうこん》に対して、ニアレイズの王城から返されたのはエリシャへの絶縁状《ぜつえんじょう》と罵詈雑言《ばりぞうごん》を連ねた手紙だった。

――ヒト族の王族でありながら「獣《けもの》」に陵辱《りょうじょく》されるなど言語道断、更《さら》に「獣憑《けものつ》き」だとは二重の恥曝《はじさら》し。お前はもうニアレイズの王族でも無い。早く自分の身を恥じて首を括《くく》れ。

そんな読むに耐《た》えない手紙の中には丁寧《ていねい》に、ニアレイズの王族を汚《けが》した「獣」に対する侮蔑の言葉もちりばめられていた。

ニアレイズの現王――エリシャの異母兄が寄越《よこ》した手紙で、「獣」と罵《ののし》られていたのはシリオンの現王であるディオンである。

敗戦国という立場を分かっていないのか、この手紙一つで十分に開戦の口実が立つのが分かっていないのか。あちらの王族の態度に辟易《へきえき》しながら議論をしていたところへ、ボルア子爵夫妻を引き連れたコリンが珍《めずら》しく血相を変えて飛び込んできた。

そして子爵夫人からなされたのが、とんでもない告白であった。

てしまった。

——リヴェリエ公爵の令嬢《れいじょう》に、番《つがい》の身柄《みがら》を盾《たて》に脅《おど》されて、エリシャを誘《さそ》い出すのに手を貸してしまった。

子爵夫人が泣きながら床《ゆか》に頭をこすりつけるように謝罪をして、その横で子爵自身も頭を下げている。しかし、そんなものはディオンの目に入らなかった。

「——子爵。謝ることしか出来ないのなら、夫人を連れてさっさと退出しろ。番関係にある相手を盾に取っての脅迫行為《きょうはくこうい》は、明らかにそれを仕掛《しか》けた方が悪い。しかし、俺は今、公平な判断を出来ない。落ち着き次第《しだい》、宰相に適切な処罰《しょばつ》をさせる。それまで謹慎《きんしん》だ」

言い捨てて奥歯を噛みしめて背中を向けた。

騎士団長が宥《なだ》める言葉をかけながら、コリンを供に付かせて、謝罪を連発する二人を執務室《しつむ》から追い出して扉《とびら》を閉めた。

宰相が眉を寄せて言う。

「——先の件を受けて、リヴェリエ公爵の令嬢は王城に立ち入るのを禁止した筈《はず》だ。それに茶会に使用した一角の建物に人気が無かったのもおかしい」

「まぁ、他《ほか》の貴族が絡《から》んでいるんでしょうね」

宰相の言葉に、騎士団長が部屋の中に向き直って言った。

それに苛立《いらだ》ってディオンは唸《うな》り声を上げる。

「——エリシャを伴侶《はんりょ》にするのが認められないのなら、俺は王位を退くと言っているだろう！

不満があるなら口に出して言え！」

感情任せの怒鳴《どな》り声に対して、騎士団長は冷静だった。

「陛下が王であることは問題無いんでしょう。むしろ、陛下には王位に就《つ》いたままでいて欲しい。ただ、その伴侶に――王妃《おうひ》になるのがヒト族って言うのが気に入らないんでしょうね。単なる我が儘《まま》ですよ。しかし、反対しようにも陛下とエリシャ様は『運命の番』だ。それを引き離すような真似《まね》をしたら、第二性がα性とΩ性の者たちを敵に回すだけだから言えなかったんでしょうよ。反対の頼《たの》みの綱《つな》の国民までが、宰相と侯爵《こうしゃく》の情報操作に乗っかって、エリシャ様を歓迎《かんげい》する方向に傾《かたむ》いたせいで余計に表立った反対が出来なくなった結果でしょう」

「シルヴィア嬢《じょう》の暴走でエリシャ様が排斥《はいせき》されればそれで良し、というところか。陰険《いんけん》だ」

宰相が舌打ちをする横で、騎士団長が言う。

「まずは俺の配下に城内を捜索《そうさく》させましょう。不自然に人払《ひとばら》いをしている一角があれば、とりあえず開けさせます。これは立派な誘拐《ゆうかい》事件ですから。おまけに一刻を争う。――どこの扉を叩《たた》き開けても、うちの部下を叱《しか》らんで下さいよ。宰相」

「叱らん。今はエリシャ様の無事が一番だ。早く捜してくれ」

騎士団長の軽口に対して、苦々しい声で宰相が答えた。

誘拐という言葉に、ディオンの腹の底が煮《に》えた。どっと増した怒りの感情に、宰相と騎士団長が息を止めて――それから口々に言う。

「陛下――これから、リヴェリエ公爵を呼んで尋問《じんもん》するんでしょう？　その香《かお》りだと、たぶん相手が失神して使い物になりませんよ」

「陛下――もう少し抑えていただけませんか」

部下二人からの言葉に、ディオンは短く答えた。

「無理だ」

にべもない返答に、宰相と騎士団長が顔を見合わせて沈黙《ちんもく》する。

ようやく手に入れた番だ。それをこんな簡単に取り上げられて、冷静でいられる筈が無い。

ふと見上げた執務室の壁《かべ》には、父王の肖像画《しょうぞうが》が掛《か》かっている。

威厳《いげん》のある表情で自分を見下ろしてくる父の顔に、最期《さいご》の瞬間《しゅんかん》まで父を待ち続けた側妃《そくひ》たちと――母親の顔が浮《う》かんで、瞬間的に絵画を殴《なぐ》り飛ばしていた。

――「運命の番」に対しての執着《しゅうちゃく》も愛情も分かった。だが、俺はあんたと違《ちが》う。一人しかいないのだ。最初から望んだ――一人だけしか。

石榴《ざくろ》を思わせる瞳《ひとみ》の鮮《あざ》やかさが、頭の中を過《よ》ぎる。

もう一度、無言で拳を振り上げたところで、立派な額縁《がくぶち》が折れて画布が破れた。父の肖像画が無惨《むざん》に破れているのを、どこか冷静に見つめながらディオンは無言で拳を振り上げた。

「陛下ッ」

宰相の咎《とが》める声に答えずにいれば、騎士団長が言う。

「――すぐに城内を捜します」

改まった口調で告げて出て行く騎士団長と入れ替《か》わりに、侍従長の声が聞こえた。

「リヴェリエ公爵をお連れしました――」

その言葉にディオンは無言で首を扉に向けた。開けられた戸の向こうには、青ざめた侍従長と、怯《おび》えきった顔の公爵が立っていた。

そんな公爵を冷ややかに淡黄色《たんこうしょく》の瞳で見つめながら、ディオンは自分でも恐《おそ》ろしいほど感情の籠《こ》もらない声で言う。

「――リヴェリエ公爵。貴殿《きでん》の娘《むすめ》が俺の番を誘拐したらしいのだが、どういうことか説明して貰《もら》えるか？」

「ひッ――？」

放たれた言葉にリヴェリエ公爵が目を見開いて、ぶるぶると震《ふる》え出す。

その様子に膨《ふく》れ上がった怒《いか》りと対照的に、頭だけがだんだんと冷えていく。

――噛み殺しておくべきだった。

顔も浮かばない令嬢と、たかが公爵一人。

こんな禍根《かこん》になるのならば、さっさと噛み殺しておくべきだった。

内心の殺気が、そのまま視線になって公爵を突《つ》き刺《さ》す。α性の怒りの香りに、動くこともままならない公爵を見かねて、宰相が口を開いた。

込んだ。

「リヴェリエ公爵、シルヴィア嬢の行方《ゆくえ》に心当たりは無いのですか」

その質問に声も出せないまま、公爵が首を左右に振《ふ》って、そのまま膝《ひざ》を震わせながらへたり込んだ。

――視界に入れる価値も無い。

呼ぶだけ時間の無駄《むだ》だったことに舌打ちをしながら、ディオンは無言で扉に向かった。その様子に公爵が怯えたように体を跳《は》ねさせる。侍従長が飛び退《の》く。慌《あわ》てた顔で宰相が口を挟《はさ》んだ。

「陛下――どちらへ⁉」

「――捜しに行く」

「ご自分でですか⁉」

「捜索は今、騎士《きし》団長が――」

「悪いか？」

「――俺の『番』だぞ‼」

怒号《どごう》に対して、部屋の中が静まり返った。それに構わずに、ディオンは続けた。

「捜しに行って何が悪い！　俺の『番』だぞ、たった一人の――‼」

ヒト族だろうと獅子《しし》族だろうと、関係がない。

ディオンのエリシャだ。

それだけが他の何でも無い絶対的な事実だ。

ようやく得た、愛《いと》しい純白の君。

ディオンの迫力《はくりょく》に誰《だれ》もが言葉を失った。執務室に漂《ただよ》う静寂《せいじゃく》を一瞥《いちべつ》してから、ディオンは大股《おおまた》に廊下《ろうか》に出る。

足音がやけに大きく響《ひび》きわたるのに、苛立ちが募《つの》る。

一刻も早くあの真っ白な体を腕《うで》に抱《だ》いて、石榴に似た芳醇《ほうじゅん》な香りを嗅《か》がないと——気が狂《くる》いそうだった。

＊＊＊＊

用意されていた部屋は煌《きら》びやかに飾《かざ》られていた。

丸い卓《たく》の上に載《の》せられた菓子《かし》も、贅《ぜい》を尽《つ》くしたもので、菓子というより工芸品や芸術品の類《たぐい》に見えた。

しかし、部屋を包む物々しい空気は変わらない。

不自然なほど朗《ほが》らかなのは、この場の主にあたるシルヴィアだけだった。自分の侍女《じじょ》に茶を淹《い》れさせながら、シルヴィアがエリシャに向かって言う。

「そちらの焼き菓子は最近、北の方から伝わってきた一品ですのよ。ぜひとも、口にしてみて下さいな？」

まるで優雅《ゆうが》な茶会のようだった。出入り口をシルヴィアの侍従《じじゅう》たちが塞《ふさ》ぎ、お茶を淹れる侍女が刺すような目でエリシャを見つめて来なければ。エリシャは生唾《なまつば》を飲み込んでから、掠《かす》れた声で言った。

「――折角《せっかく》ですが、食欲《しょくよく》が無くて」

「あら。それはいけませんわね？　でも、大丈夫《だいじょうぶ》。一つぐらいなら、お口に入るでしょう？」

エリシャの目の前に置かれているのは、小粒《こつぶ》の丸い焼き菓子だった。綺麗《きれい》な狐色《きつねいろ》の生地《きじ》の間に、たっぷりとクリームが詰《つ》め込まれている。

華《はな》やかな絵付けをした皿の上に、その菓子が一つだけ鎮座《ちんざ》している。

それは、少し異様な光景だった。

執拗《しつよう》にその菓子ばかりを勧《すす》めるシルヴィアの言葉に、サーシャが割って入った。

「エリシャ様は満腹そうなので、僭越《せんえつ》ながらわたしが代わりにいただきます」

無表情に言ってサーシャが菓子に手を伸《の》ばした途端《とたん》に、シルヴィアの侍女が顔色を変えた。

シルヴィアが色の無い声で、侍女の名前を呼ぶ。

「――キリエ」

途端に、シルヴィアの侍女がサーシャに飛びかかって、そのまま二人が床《ゆか》に転がる。思わずエリシャが椅子《いす》から腰《こし》を浮かせたところで、陶器《とうき》が割れる音がした。サーシャに駆《か》け寄ろうとしたところで、シルヴィアの侍従の一人に押さえつけられて椅子から動けない。もがきながらエリシャは自分の侍女を呼んだ。

「サーシャ！」

「——本当に、王城の侍女は余計なことしかしませんのね。わたくしの侍女とは大違《おおちが》い。良い侍女でしょう？」

自慢《じまん》げに言われたところで返事が出来ない。

床にサーシャを組み伏《ふ》せて、膝立ちになったシルヴィアの侍女が荒《あら》い息で言う。

「シルヴィア様——どうぞ、お早く——」

「ええ、分かっているわ。——ねぇ、エリシャ様。そのお菓子はエリシャ様のために特別に作っていただいたのよ？　わたくしのせめてもの気持ちなのですから、一口ぐらい口にして下さってもよろしいのではなくて？」

「——エリシャ様、いけません」

掠れたサーシャの忠告に、殴打《おうだ》の音が響く。エリシャは真っ青になって侍女を呼んだ。

「サーシャ！」

「エリシャ様の行動が遅《おそ》くなるほど、うちの侍女がそちらの侍女を教育しそうだわ」

楽しげに言うシルヴィアの言葉に目眩《めまい》がした。

とても、エリシャがこの国に来てから知った獅子族の人たちと——目の前の相手が同族と思えない。

自分の絶対的な優位を信じて疑わない――それ以外を物と同列にしか思わない姿勢は、吐《は》き気がするほど――祖国の王族に似ていた。

獅子族であるのに、目の前の相手がヒト族に見えて仕方がない。

胸の悪くなる現実に思わずエリシャは首元を探《さぐ》る。

ディオンから与《あた》えられた――赤い首輪。そこから下がる装飾品《そうしょくひん》の金剛石《こんごうせき》を握《にぎ》り締《し》めて、エリシャは掠れ声で言った。

「シルヴィア嬢《じょう》――」

「なにかしら？」

相変わらずシルヴィアは朗らかだ。まるで、この場の緊迫《きんぱく》した空気が伝わっていないような様子は不気味だった。

「私が王妃《おうひ》になるのが気に入らないのなら――ディオンは王位を退くと言っています」

その言葉にシルヴィアが不思議そうに藍色《あいいろ》の瞳《ひとみ》を瞬《また》かせた。

「ええ、そうね？」

「あなたが気に入らないというのであれば、直接王に進言して下さい。その声を無視してまで、ディオン――陛下も私を王妃に据《す》えようとはしていません。ですから――」

「――？　何を言っているのかしら、エリシャ様？」

「え――？」

「問題なのはあなたが王妃になることじゃないの。わたくしが王妃になれないことなの。そんなことも分からないの？」

不思議そうに言われて、エリシャは絶句する。

「――どういう、意味ですか？」

ようやく絞《しぼ》り出した言葉に、シルヴィアが頰《ほお》に手を当てて大仰《おおぎょう》に呆《あき》れた顔をする。

「今の陛下が王位を降りたら、後継《こうけい》はきっとアルニア侯爵《こうしゃく》でしょう？　でも、あの方はもう猫《ねこ》族から正妻を貰《もら》い受けているから――そうなると側妃《そくひ》になるしか道は無いのよ？　現王の他《ほか》のご妹弟様《きょうだい》たちはβ性とΩ性で嫁《とつ》いでしまわれているし。わたくしが王妃になるには、このまま陛下に王位にいて貰うしかないの。お分かりになって？」

丁寧《ていねい》に説明された言葉が一つも理解出来ない。

瞬きを繰《く》り返すエリシャの理解の遅さを嘆《なげ》くようにシルヴィアが言った。

「だって皆《みな》が言っていたのよ？　当代の陛下はΩ性がお嫌《きら》いだって。だから、β性が王妃になるに違《ちが》いないって。そして、その中で最も優秀《ゆうしゅう》なβ性の女性はわたくしなのよ？　だから、わたくしが王妃にならないとおかしいでしょう？」

「――は……？」

あんまりな暴論に、エリシャは硬直《こうちょく》した。

目の前の可愛《かわい》らしい獅子族の女性が何を言っているのか、全く理解出来ない。

そんなエリシャを藍色の瞳で哀《あわ》れむように見つめながらシルヴィアが言う。

「わたくしだって本当はこんなことしたくないのよ、エリシャ様。でも、陛下がいけないんですもの。わたくし、側妃を置くことには寛容《かんよう》でいるつもりだったのに。それなのに陛下ときたら、エリシャ様しか伴侶《はんりょ》にいらないだなんて公《おおやけ》で仰《おつしや》って――。そんなことを言われたら、エリシャ様にいなくなってもらうしかないじゃない？」

「あ、の――？」

自分は目の前の相手と同じ世界で話しているのだろうか。

全く理解出来ない論旨《ろんし》に視界がぶれる。ますます首輪の装飾である金剛石をきつく握り締めながら、エリシャはその色と同じ瞳を持つ相手を思い出す。

エリシャの番《つがい》。

エリシャの伴侶。

エリシャに居場所をくれた唯一《ゆいいつ》の相手。

赤毛の立派な体躯《たいく》の獅子《しし》族。

「――シルヴィア嬢は、陛下が好きだから、王妃になりたいのですか？」

エリシャの問いに、シルヴィアが不思議そうな顔をして、それから笑い出した。

「何を仰ってるの、エリシャ様？」

もちろんでしょう、と続くと思われた先は簡単に裏切られた。

「好きとか嫌いとか、わたくしが王妃になるのに関係が無くてよ?」

「……は」

「でも、わたくしが王妃になるには、今の陛下でなくては困るもの。だから、そうね。嫌いでは無いわね」

「は——」

エリシャはますます絶句した。なんと言葉を紡《つむ》げば良いのか分からない。そんなエリシャを見て、無邪気《むじゃき》に笑ったシルヴィアが言う。

「わたくしが王妃に相応《ふさわ》しいのは皆知っていることだもの。皆が相応しいと言っていたのに、いきなり『運命の番』だからなんて理由で、掌《てのひら》を返すなんてあまりにも酷《ひど》いと思わないこと?お父様だって散々わたくしが王妃になって然《しか》るべきだと言っていたのに、王妃になるのは諦《あきら》めて適当な相手と結婚《けっこん》しろだなんて変よ。ねぇ? そもそも、エリシャ様が陛下に会わなければ、わたくしだってこんなことしなくても良かったのに」

不幸そうに溜息《ためいき》を吐く相手の様子に目眩がした。

エリシャは声を振《ふ》り絞って言う。

「……誰《だれ》が言っていたんですか?」

「なあに?」

「どなたが、シルヴィア嬢が王妃に相応しいと言っていたんですか?」

「わたくしを知る人なら、皆そう言ったわ。お父様も、お友達も。この席が用意出来たのだって、わたくしが王妃に相応しいと思っている方々が用意してくれたからよ？」

「――陛下は？」

「陛下とは謁見《えっけん》する機会が無いもの。でも、直接会えば王妃に相応しいのはわたくしだって言う筈《はず》だわ」

いっそ無邪気に言う相手を見つめて、エリシャは静かに言った。

「……私はディオンが陛下で無くなっても、伴侶でいるつもりです」

シルヴィアが不思議そうに瞬きをする。

「――？　それはエリシャ様の話でしょう？　わたくしは関係無いわ」

「私とあなたが話しているのは、ディオンのことです。だから関係無い筈が無いのですが」

「陛下は陛下でしょう？　陛下じゃない陛下は、わたくしに関係ないもの」

何の悪気も無く放たれた言葉に、エリシャがシルヴィアに抱《いだ》いたのは微《かす》かな憐憫《れんびん》だった。

「――あなたが話しているのは、ディオン・グリフ・リッジウェイのことではなくて、シリオンの王のことでしょう？」

「ええ、そうね？」

「私が話しているのは、ディオン・グリフ・リッジウェイのことです」

「……？」

エリシャの諭《さと》すような声に、シルヴィアが不思議そうに首を傾《かし》げた。

「──シルヴィア嬢。あなたが見ているのは条件であって、ディオンでは無いでしょう」

「条件──？」

「一つ一つ条件を付けて、ただそれだけに合致《がっち》する相手を探していくのは──辛《つら》いだけですよ。あなたも、相手も、周囲も」

散々にそれをされて来たエリシャだからよく分かる。

常にその条件から弾《はじ》かれ続けることの疎外感《そがいかん》が、どれほど心を傷つけるか。その枠《わく》にはまろうと足掻《あが》く異母兄姉弟妹たちが、どれほど過酷《かこく》な競争を強《し》いられてきたか。一番、長い時間を過ごした乳母《うば》でさえも、エリシャが結局「ヒト族」だから大切にしてくれていたという事実も──何もかが虚《むな》しくて悲しくなるばかりだ。

あの年月が悲しいものだと認められるようになったのは、そんな条件など何一つ求めずにエリシャ自身を求めてくれる淡黄色《たんこうしょく》に瞳があったからだ。

それがどれほど嬉《うれ》しくて、泣きたくなるほど幸せなことか。

だから、それを教えてくれた相手を、他ならないエリシャの一番大切な相手を「条件」に押し込めるようなことは──とても許容出来なかった。

エリシャは静かに言葉を紡ぐ。

「あなたが──ディオン自身に恋《こい》をしているのなら、愛しているのなら、私はもしかしたら身を引くことを考えたかも知れません。けれど、ディオンのことを見ていないあなたには、ディオンの何も譲《ゆず》ることは出来ません」

エリシャは真っ直《す》ぐにシルヴィアを見据《みす》えていった。

「ディオンが伴侶に選んだのは私です。私もディオンを伴侶に選びました。だから——どうか諦めて下さい」

はっきりとしたエリシャの言葉に、シルヴィアは少しの間、不思議そうな顔をしていた。藍色の瞳がゆっくりと瞬きをして、それから少しの沈黙《ちんもく》の後に——シルヴィアが頬に手を当てて、表情の抜《ぬ》け落ちた顔で言った。

「なにかしら——とても不愉快《ふゆかい》だわ」

空洞《くうどう》のような藍色の瞳に、エリシャはぞっとした。

シルヴィアの言葉にいち早く動いたのは、エリシャを押さえつけていたシルヴィアの侍従《じじゅう》だった。

先ほどからシルヴィアに執拗《しつよう》に勧められていた菓子《かし》が、口元に押し当てられる。拒《こば》むように口を引き結んだが、圧倒《あっとう》的な力の差と体格差はどうしようもない。

「エリシャ様ッ！」

滅多《めった》に聞くことの出来ない、サーシャの悲鳴のような声が響《ひび》いたのと——エリシャを押さえつける手が緩《ゆる》んだのは、ほとんど同時だった。

一瞬《いっしゅん》の妙《みょう》な静寂《せいじゃく》が落ちて、誰かが声の無い悲鳴を上げた。

床《ゆか》の上に菓子が転がり落ちて、侍従の手が震《ふる》えながら離《はな》れていくのを、エリシャは不思議な思いで見つめた。

部屋の中を満たしたのは、暴力的なほどに濃《こ》い柑橘《かんきつ》系——エリシャにとっては心地《ここち》よくすらある——檸檬《レモン》の芳香《ほうこう》だった。


つかつかと足音が聞こえて、誰かが部屋の中に入ってくる気配がする。

押さえつけられていた体が解放されて、エリシャは椅子《いす》から滑《すべ》り落ちるようにして床にへたり込んだ。顔を向ければ、サーシャを押さえつけていた筈のシルヴィアの侍女《じじょ》が、青ざめた顔で床の上にへたり込んでいる。

「サーシャ」

侍女の安否を訊《たず》ねるように声をかければ、はっとしたように起き上がった侍女がエリシャを見て言う。

「——エリシャ様、お怪我《けが》は？」

「私は無いけれど、サーシャは——」

互《たが》いを気遣《きづか》いながら、二人ともその場から動くことが出来ない。

部屋を満たす暴力的な芳香が、全《すべ》ての動きを押さえ込んでいる。エリシャとサーシャ以外、シルヴィアやその侍従や侍女たちは口を利《き》くことも出来ないように黙《だま》り込んでいる。

「——俺の伴侶《はんりょ》をどんな茶番に巻き込んだのか、説明して貰《もら》おうか」

普段《ふだん》エリシャに向ける時は甘さばかりを感じさせる声が、冷ややかに部屋の中に響くのに、エリシャは顔を上げた。

そこには——怒《いか》り狂《くる》った赤毛の獅子が立っていた。

怒気《どき》を孕《はら》んだ瞳《ひとみ》の真ん中の瞳孔《どうこう》が、縦に細くなっている。

誰も近寄ることが出来ないような怒りが、全身から噴《ふ》き上がっているように見えた。

「……ディオン？」

エリシャの呼びかけに、ディオンは無言のままエリシャに近寄ると体を軽々と抱き上げた。

そのまま苦しいぐらいに抱《だ》き締《し》められる。

いつもの腕《うで》の中。

いつもの温度。

いつもの芳香。

それらを身近に感じた途端《とたん》に、今までの奇妙《きみよう》な冷静ぶりが嘘《うそ》だったかのように、エリシャの体が小刻みに震えだした。ディオンの体に縋《すが》り付いて、必死に息をしながら体を震わせ続けるエリシャを見て、ディオンの顔がまた一段と厳しくなる。

エリシャを抱き締める腕だけは優《やさ》しいが、発せられた言葉はどこまでも冷たかった。

「不愉快？　不愉快なのは俺の方だ。俺の『番《つがい》』を俺に断りもなく連れ去ることがどういうことなのか分からないのか？　リヴェリエ公爵《こうしゃく》に思い違《ちが》いを何とかしろと言っていたのが通じていなかったのか？　何の真似《まね》だ？　当然、説明をしてくれるんだろうな、シルヴィア嬢？」

冷ややかに言葉で詰《つ》め寄るディオンから漂《ただよ》う圧迫感《あっぱくかん》が、部屋の中に満ちていく。

エリシャ相手に流暢《りゅうちょう》に動いていたシルヴィアの口元が、恐怖《きょうふ》に引き攣《つ》っていた。掠《かす》れた息を口から洩《も》らすだけのシルヴィアに、ディオンは更《さら》に言葉を連ねる。

「何を根拠《こんきょ》に自分が王妃《おうひ》に相応《ふさわ》しいと言っていたのかは知らないが、俺が最初から欲しかったのは王妃に相応しい相手じゃない。俺の伴侶だ。俺が生涯《しょうがい》愛するたった一人だけだ。王妃の座が欲しいのなら、他《ほか》の種族の王族にでも嫁《とつ》ぐと良い。あいにく、俺の異母妹弟《きょうだい》たちも誰《だれ》一人あなたのような相手を伴侶には望まない」

容赦《ようしゃ》の無い言葉と共に、相手を威圧《いあつ》するように匂《にお》いが濃くなる。

いつものエリシャの心をとろかすような香《かお》りと違う。

それになんだか不安を覚えて、エリシャは顔を上げた。まだ体の震えが収まらない。けれども、必死にディオンの服を引いて名前を呼んだ。

「――ディオン？」

視線は下がらなかった。けれど、エリシャを抱き込む掌《てのひら》だけは優しい。

シルヴィアに向けられた視線は、怖《こわ》いぐらいに冷徹《れいてつ》で動かない。

それに何か嫌《いや》な感じを覚えて、エリシャは必死になる。

「ディオン――？」

ひっ、と喉《のど》を鳴らしたのは恐《おそ》らくシルヴィアだ。そちらに目を向けようとすると、やんわりとディオンの掌がそれを阻《はば》む。

――何か、嫌だ。

「ディオン――」

「エリシャ」

降ってくる声は、いつも通り柔《やわ》らかい。

「すぐに終わる」

端的《たんてき》に落とされた言葉に、全身に寒気が走った。

ディオンが何をしているのか分からない。けれど――なんだか、嫌なことなのは分かった。

エリシャに見せたくないぐらいの、何か――。

――嫌だ。

何なのかは具体的には分からない。

けれども、「それ」をさせるのは嫌だと本能的なところが叫《さけ》ぶ。

エリシャを理由に「それ」をディオンにさせるのは、嫌だ。

止めるように相手の服を引いても、宥《なだ》めるように掌を握《にぎ》り込まれるだけだった。

嫌だ。

止めたい。

止めて欲しい。

どうすれば良い。

もう一度、名前を呼ぼうと口を開いた途端に、どくりと体の奥が脈打った。

「——っ……？」

一気に熱くなる体に戸惑《とまど》いながら、エリシャは思わず身を竦《すく》める。

つい先日、初めて体験した感覚は——医者の説明によれば周期的に巡《めぐ》ってくるもので、今度訪《おとず》れるのはまだ先の筈《はず》だった。

それなのに、どうして——。

自分の体の変化に戸惑いと混乱が増して、思わずディオンに縋る力が強くなる。

そんなエリシャの行動に、不意に部屋の中を満たしていた芳香が変わった。

「……エリシャ」

どこか困ったような溜息《ためいき》のような声でディオンが言って、エリシャの体を抱《かか》え上げる。

「……っ、ぅ……っ？」

どうして自分の体が変化しているのか理解出来ないまま、ディオンにひたすらしがみついていると、どこか困ったように口調を柔らかくしながらディオンが呟《つぶや》く声が耳に響いた。

「……その止め方は、狡《ずる》いだろう」

狡い、と何を咎《とが》められているのかがよく分からない。分からないまま、いつもの様子に戻《もど》ったディオンに安心してしがみつくと、戸口の方から複数の足音がする。

「陛下。これは、また――」

部屋の有様を見てか、誰《だれ》かが息を呑《の》んだ。

聞き覚えのある声だったが、誰の声なのか思い出せない。それよりも、一刻も早く体の中にくすぶる熱をなんとかして欲しくて堪《たま》らずに、体をすり付けるようにしがみついて声にならない声でエリシャは番の名前を呼んだ。

それに小さく息を詰めて、ディオンが一息に言い切る。

「騎士《きし》団長――この場は任せる」

そのまま足早に運ばれていくのを感じながら、エリシャはディオンの腕の中で体を縮めて、熱い息をこぼした。

＊＊＊＊

α性が番を守るために過度に攻撃的《こうげき》になることは珍《めずら》しくない。まとう芳香《ほうこう》で他者を攻撃することもよくあることで、それが行き過ぎて相手を死に至らしめることすらある。そんな暴走状態のα性を止めることが出来るのは、番であるΩ性の芳香だけで、α性を止めるために通常以上の芳香を無意識に発した結果、体が疑似《ぎじ》的な発情状態に陥《おちい》るらしい。

——それらは全てが終わってから医師から説明を受けて知ったことで、エリシャは現在、混乱の極致にいた。

二人きりになればなるほど、あんな大勢の前で発情してしまった自身が浅ましくはしたないような気がして、羞恥心《しゅうちしん》でどうにかなりそうになる。

それでも体は間違《まちが》いなく相手を求めていて、止めようとしても止まらない体が情けなくて、勝手に涙《なみだ》が出てくる。

そんなエリシャを私室の寝台《しんだい》の上に横たえると、性急に首輪を外しにかかりながらディオンが気遣《きづか》うように言った。

「エリシャ——？」

どうした、と問いかける声にすら反応して体が跳《は》ねる。そんな自分がますます恥《は》ずかしくて、白い肌《はだ》を真っ赤に染めながら拙《つたな》く言えば、ディオンがふわりと笑った。

先ほどまで攻撃的だった淡黄色《たんこうしょく》の瞳《ひとみ》が、いつものように優しく甘やかな色をまとっている。

それにぼんやりとしていれば、唇《くちびる》が優しく降ってきた。

「俺のせいだ」

「――？」

「俺のせいだから、気にする必要はない」

何がディオンのせいなのか、訊《たず》ねるよりも先に喉仏《のどぼとけ》を舌でなぞられて、一気に体の熱が跳ね上がる。

「――ッ、ぅ、ぁ」

そのままエリシャの服を脱《ぬ》がしながら、ディオンの舌が鎖骨《さこつ》の窪《くぼ》みを這《は》うのに、理性があっという間に解けていく。胸の尖《とが》りに優しく歯を立てられると、恥ずかしいほど下肢《かし》が濡《ぬ》れているのが分かった。

「ひっ、ん、ぁ、あ――」

もどかしい刺激《しげき》がたまらなくて身を捩《よじ》る。

先ほどまでの恥じらいは、檸檬《レモン》の芳香の中に溶《と》けて消えていく。

「ぁ、あ、ぅ――」

早く、早く、早く。

欲しいと声に出せないままに、強請《ねだ》るように相手の体に縋《すが》れば、いっそう相手の芳香が強くなった。獣《けもの》のような低い声が響《ひび》く。それと同時に両足を掬《すく》い上げるように取られて、ぬるついた液が糸を引くほど濡れた下着が取り払《はら》われる。

あてがわれた熱が、躊躇《ちゅうちょ》もなく体を拓《ひら》いて奥まで入り込んでくるのに、エリシャは背中を反らせて体を震《ふる》わせた。

じくじくと疼《うず》く奥まで届いた熱が、容赦なく体の奥を抉《えぐ》る度《たび》に、意思と関係なく体中が跳ねて震える。

「ひっ、ぁ、あー、ぁ、あっ」

意味の無い喘《あえ》ぎ声と共に、口からだらしなく唾液《だえき》が伝って落ちる。容赦なく体の奥を暴《あば》き立てる熱が心地《ここち》よすぎて、頭がおかしくなっている。強烈《きょうれつ》すぎる快楽に体を震わせながら、無意識に逃《に》げようとする体を押さえ付けられて唇を奪《うば》われた。

喉の奥まで舐《な》め尽《つ》くすような、深い口付け。

ぐちゅぐちゅと、両方から響く水音が鼓膜《こまく》を叩《たた》いて、それに煽《あお》られるように熱が上がった。ひっ、と短く息を呑んだのと同時に、相手の毛並みが体を撫《な》でた。その刺激に性器から、とろりと白濁《はくだく》が溢《あふ》れる。

「――っ、ん、ぁ――、っ、ん――」

絶頂の嬌声《きょうせい》は、相手の口の中に消えていった。

奥を突《つ》かれる度に絶頂が続いて、その余韻《よいん》に浸《ひた》る暇《ひま》も無い。ようやく唇が離《はな》れた時には、エリシャの顔は蕩《とろ》け切っていた。

熟《う》れた石榴《ざくろ》に似た赤い瞳の縁《ふち》をディオンの指がなぞる。それを見つめる淡黄色の瞳も、同じように蕩けていた。

荒《あら》い息の中、ディオンが囁《ささや》くような声で言った。

「――エリシャ」

愛している。

俺だけの物だ。

つい先日まで意味も知らなかった言葉をかけられても、前のような戸惑いは感じなかった。

何度も頷《うなず》きながら両手両足を絡《から》めるようにディオンの体に抱《だ》きつく。

――愛している。

そして何より、ディオンはエリシャの物だ。

エリシャだけの、物だ。

相手の毛並みに顔を埋《うず》めて、そんな感慨《かんがい》に浸っていれば、こめかみに唇が触《ふ》れた。

「エリシャ」

「は、ぁ――」

「噛《か》みたい」

「ぅ、ん――」

快楽に流されて言葉が上手《うま》く形にならない。がくがくと首を縦に振《ふ》るだけのエリシャの返事は正しく受け取られたようで、不意に体が離されて、貫《つらぬ》かれたままの体がぐるりと反転させられる。途端《とたん》に体を穿《うが》っていた熱が、ずるりと抜《ぬ》き出されて内壁《ないへき》の浅いところを抉られるのに、エリシャは声の無い悲鳴を上げる。

「――――ッ」

うつ伏《ぶ》せになった体のまま、敷布《しきふ》に爪《つめ》を立てて身悶《みもだ》えしていると、そんなエリシャの体を押さえつけるようにして項《うなじ》に歯が立てられた。これ以上、上がることの無いと思っていた体温がぶわりと上がる。下肢が前と後ろから溢れ出したぬるつく液体でしとどに濡れていく。

「あー、は、ぁっ、あーっ」

言葉にならない甲高《かんだか》い喘ぎが溢れて止まらない。途方《とほう》も無い快楽に助けを求めてのたうつ体に、浅いところにあった熱が、容赦《ようしゃ》なく突き立てられた。

「ぁ――っ、ぁ」

目の前が一瞬《いっしゅん》、白く染まって何も見えなくなる。

一番深いところを何度も深く暴かれて、受け入れるために自分の奥が蠢《うごめ》いているのを感じる。項を甘嚙《あまが》みされる度に体に甘い痺《しび》れが走って、何度も体が痙攣《けいれん》したように跳ねる。ディオンの腕《うで》と体が檻《おり》のようになっていて、快楽から逃げる術が無い。

肌に触れる毛並みの感覚だけでも達してしまうような快感に苛《さいな》まれて、荒い息が口からこぼれて落ちる。

愛している、といくつも降ってくる言葉と、濃厚《のうこう》な香《かお》りに包まれながら——最奥《さいおう》に熱い飛沫《しぶき》を感じる。

「っ——ぁ——ぁ」

まともな声も出せないまま、体の奥に相手を受け止めながらエリシャは大きく喘ぐ。そんなエリシャの体にディオンの腕が回されて、エリシャをきつく抱《だ》き締《し》めた。

「愛している」

鼓膜を震わす声が心地よい。体の奥底から蕩けてしまうような感覚に、あえかな息がこぼれ落ちる。

——この腕があれば、それで良い。

濃厚な檸檬の芳香に包まれながらエリシャは、うっとりと目を閉じた。

「エリシャ——」

終章

リヴェリエ公爵《こうしゃく》の令嬢《れいじょう》で才女と名高かったシルヴィアが、急な病で僻地《へきち》に療養《りょうよう》に出された話は、若い貴族の令嬢たちを中心にしばらく社交界を賑《にぎ》わした。

見舞《みま》いに行った一部の者たちが言うには、シルヴィア嬢《じょう》は赤子に戻《もど》ってしまったかのように言葉を解さず、他者を上手く認識《にんしき》出来ないらしい。かつての才女の面影《おもかげ》は無く、ひたすら何かに怯《おび》えて泣いているそうだ。

一体どんな病なのか、と話を聞いた者たちの大半が首を傾《かし》げた。

父であるリヴェリエ公爵は、そんな娘《むすめ》の看病のために領地と爵位《しゃくい》を返上して、僻地に付き添《そ》うことに決めたらしい。

その他《ほか》にも、貴族の急病や急死などによる代替《だいが》わりや爵位の返還《へんかん》が相次ぎ、しばらく貴族たちの間では噂《うわさ》と騒《さわ》ぎの素《もと》になったが——それはやがて、ヒト族の青年が正式に王妃《おうひ》になるという国を挙げての慶事《けいじ》の話に取って代わられ、貴族たちの間から忘れ去られていった。

そして貴族と無縁《むえん》に生きている国民たちは、そんな貴族たちの些細《ささい》な変動など知ることもなく、王の結婚《けっこん》に対して喜びに沸《わ》いた。

早朝の薄明《うすあ》かりの中。

心地の良い芳香《ほうこう》に包まれながら寝台《しんだい》で寄り添っていた相手から口付けと共に始まった愛撫《あいぶ》に、エリシャは息を乱しながら制するように相手の名前を呼んだ。

「――っ、ディオン――ッ」

数時間後には正装をして、国王の伴侶《はんりょ》として王城の露台《ろだい》から国民に顔見せをする予定だ。それなのに、こんな風に煽るように触れられては――困る。

そんな思いで名を呼ぶエリシャに対して、止まる気配も無くディオンが柔《やわ》らかくエリシャの肌《はだ》に歯を立てた。

「っ、や、だ――」

口では拒絶《きょぜつ》しながらも、腕は縋《すが》るようにして相手の体に回している。

そんな自分の態度を情けなく思いながら、愛撫と甘嚙みを受け入れていると、ディオンがエリシャの肌に鼻先を擦《なす》り付けるようにして、溜息《ためいき》を吐《つ》いてから言った。

「――俺が王で無かったら」

「う、え――?」

「閉じこめて、誰《だれ》の目にも触れさせないでおけるのにな」

それが出来ないのがもどかしい、と言いながら今度は肌に吸い付くディオンに、エリシャは返事に困ってしまう。

純粋《じゅんすい》な独占欲《どくせんよく》を向けられて嬉《うれ》しいとは思う。

どうしても、誰の前にも姿を出さないでくれと相手が望むのなら叶《かな》えてしまうぐらいにエリシャはディオンのことが好きだ。

けれども――。

「ディオン……」

困ったように名前を呼べば、淡黄色《たんこうしょく》の瞳《ひとみ》がエリシャを見つめる。

それを見つめながらエリシャはおずおずと告げる。

「……私は、きちんと伴侶になりたい」

誰の目にも晒《さら》したくないとディオンが思うぐらいに、目の前の相手の隣《となり》にあるべきなのが自分なのだと知らしめたいと思う。

祖国からの絶縁状《ぜつえんじょう》が届いて、エリシャの帰る場所は、いよいよ目の前の相手の腕の中だけになった。

α性とΩ性。「運命の番《つがい》」という肩書《かたが》きはあるけれど、種族からして違《ちが》う。互《たが》いに求めて必要としている。けれども、その二人だけの閉じた関係を他の誰かに祝福して貰《もら》えるのなら――認めて貰えるのなら、これほど嬉しいことは無いと思う。

そんなエリシャの言葉を聞いて、ディオンは目を細めた。

「――困る」

「え？」

「そういう可愛《かわい》いことを言うから、人目に晒したくなくなる」

真顔で言われて、エリシャの方が困ってしまう。首を傾げていると、伸《の》び上がるようにして唇《くちびる》を塞《ふさ》がれた。いつもの――喉《のど》の奥まで舐《な》め尽《つ》くすような深い口付けに、エリシャの体が逃《に》げを打つ。それにディオンが懇願《こんがん》するように言った。

「駄目《だめ》か――？」

「だって――」

これ以上されると、エリシャの方が身も心も蕩《とろ》けてしまって、使い物にならなくなってしまう。それは困る。困るけれどディオンに求められると、完全に拒《こば》めない。

「エリシャ」

ぐっと濃《こ》くなる檸檬《レモン》の香りに、頭がくらりとする。

それにエリシャは言葉を絞《しぼ》り出す。

「夜まで、待って――」

「夜もする。今もしたい」

「だって――」

率直《そっちょく》に求められる言葉に、肌が勝手に火照《ほて》ってしまう。そんなエリシャを見つめて、ディオンが言った。

「――陽《ひ》が完全に昇《のぼ》りきるまで」

少しの間だけ。

そんな風に請《こ》われてしまえば、エリシャに断ることなど出来る筈《はず》が無く——。

「ん、ぁ——っ、あ」

薄明かりが、朝の陽光に変わり始めた。

寝台の上には湿《しめ》った音と、嬌声《きょうせい》が響《ひび》いている。

項《うなじ》に柔らかく歯を立てられて、エリシャは背中をしならせながら喘《あえ》いだ。うつ伏《ぶ》せの体を上から押さえつけられている。背中に感じる相手の毛並みと重みが、心地《ここち》よくて堪《たま》らない。

気を抜《ぬ》けば快感に流されてしまいそうな意識を無理矢理に引き留めて、エリシャは敷布《しきふ》を指で引っかきながら訴《うった》える。

「——っ、——も、朝ぁ……」

涙《なみだ》交じりのエリシャの訴えに、耳元で荒《あら》い息がする。

項に歯を立てながら、ディオンが短く答える。

「——まだだ」

「ぁ、あーっ、あ、あ、ん、っ、ああ、あ」

体の奥の奥まで暴《あば》かれている。

相手しか知らない、相手のためだけのそこを貫《つらぬ》く熱に、下肢《かし》がしとどに濡《ぬ》れていく。内側から響く濡れた音が淫靡《いんび》で、それに体を震《ふる》わせていると、囁《ささや》くような声が耳元で言った。

「愛している」

「――っ、ひぅ」

「愛している、ずっと。一生」

惜《お》しむことなく注がれる言葉の雨に溺《おぼ》れていく。ぎりぎり残っていた理性が解けていくのを感じながら、エリシャは何とか言葉を返す。

「――私も」

愛している。

朝陽の中に、そんな言葉が溶《と》けて広がった。

＊＊＊＊

――かつて大陸にニアレイズと呼ばれるヒト族が統《す》べる国があった。

その国の王族は他種族を見下し、近隣《きんりん》諸国へ侵略《しんりゃく》戦争を仕掛《しか》けた結果、獅子《しし》族の国シリオンに敗れて講和条約を結んだ。しかし、その後も懲《こ》りずに他国への侵略行為《こうい》を繰《く》り返し、やがて獅子族の国王によってヒト族の王族たちはその信奉《しんぽう》者たちと共に離島《りとう》に追放され、ニアレイズの国の領土はシリオンの国王の直轄《ちょっかつ》地へと変わった。

現在、かつてニアレイズと呼ばれた地域は、種族の枠《わく》に囚《とら》われない最も開かれた地域として

知られ、様々な種族の者たちが集《つど》い、賑《にぎ》わっている。

その土地に、いつからか根付いた風習がある。

婚姻《こんいん》の式を必ず檸檬と石榴《ざくろ》の花で飾《かざ》ることだ。

夫婦《ふうふ》円満の幸運を呼ぶおまじない。とある王族の式を起源にしたそれが、どうして今にまで伝わっているのか——それについては判然としていない。

END

あとがき

こんにちは、あるいは初めまして。貫井《ぬくい》ひつじです。

このたびは、拙著《せっちょ》をお手に取っていただきありがとうございます。

色々、落ち着かない慌《あわ》ただしい日々が続いていることと思います。

皆様《みなさま》、いかがお過ごしでしょうか？

さて、貫井ですが、本作品で初のオメガバース挑戦《ちょうせん》です。いかがだったでしょうか。

実のところデビュー直後に編集担当様から聞くまで、オメガバースを知らなかった貫井です。「これは勉強せねば……？」と、色々読みあさり、自分なりの勉強と解釈《かいしゃく》を積み重ねつつ早数年。ここ数年の勉強の結果を圧縮したのが本作品になっております。

いざ挑戦して思ったことは、「考えろ　己の技量と　ページ数」という反省たっぷりの感想です。プロットの時にぎっしりと詰《つ》め込んで、結果として使えなかった設定があれやこれや……。勢いと情熱だけでは当たり前ながら作品は出来上がらない訳で、「落ち着いて　計画性を身につけろ」と今後の自戒《じかい》のために掲《かか》げていくことにしました。反省、反省。

そんな本作品に巻き込んでしまった編集担当様並びに、イラストを担当して下さった北沢《きたざわ》きょう先生には、大変お世話になりました。

うんうんと頭を悩《なや》ませているところに、華麗《かれい》な助言を下さる担当様には、頭が上がらない限りです。「あ、そういうことだったのか！」と、書いている本人すら分かっていなかったことを言語化していただいて、目から鱗《うろこ》な体験は数えきれません。やる気のみが先行な本作品を他人様《ひとさま》の目に晒《さら》して大丈夫《だいじょうぶ》なレベルにまで昇華《しょうか》するのに付き合っていただき、ありがとうございました。本当に、ありがたい限りです。切実に、これからもよろしくお願いいたします。

そして、初めまして、北沢きょう先生。挨拶《あいさつ》と共に「よろしくお願いしまーす！」と、勢いよくキャラクターたちをぶん投げてしまった感が否めず、「うちの子たちが大変お世話になって（うちの子たちを無理矢理お世話をさせて）……」と冷《ひ》や汗《あせ》をかいております。

素敵なイラストをありがとうございました。こんな貫井ですが、これからもよろしくしていただければ幸いです。

最後に、読者の皆様。本作品にお付き合いいただき、ありがとうございました。

色々と難しい世の中ですが、考え過ぎても良くないな、と思う今日この頃《ごろ》です。本作品の登場人物たちのように、とは簡単にいきませんが、自分を含《ふく》めて「大切な人」を大切に、愛し労りながら日々を過ごしていただければと思います。皆様の幸福を世界の片隅《かたすみ》より、ひっそりとお祈《いの》りさせていただきます。

また、お会いできる日がくるのを心よりお待ちしています。

最後のページまで目を通して下さり、誠《まこと》にありがとうございました。

貫井　ひつじ

KADOKAWA RUBY BUNKO

赤《あか》獅子《じし》王《おう》の運命《うんめい》は純白《じゅんぱく》オメガ

貫井《ぬくい》ひつじ

角川ルビー文庫　23276

2022年8月1日　初版発行

発行者――青柳昌行
発　行――株式会社KADOKAWA
〒102-8177　東京都千代田区富士見2-13-3
電話 0570-002-301（ナビダイヤル）
印刷所――株式会社暁印刷
製本所――本間製本株式会社
装幀者――鈴木洋介

●お問い合わせ
https://www.kadokawa.co.jp/ （「お問い合わせ」へお進みください）
※内容によっては、お答えできない場合があります。
※サポートは日本国内のみとさせていただきます。
※Japanese text only

ISBN978-4-04-112685-1　C0193　定価はカバーに表示してあります。

◇◇◇

KADOKAWA RUBY BUNKO

角川ルビー文庫

いつも「ルビー文庫」を
ご愛読いただきありがとうございます。
今回の作品はいかがでしたか?
ぜひ、ご感想をお寄せください。

〈ファンレターのあて先〉

〒102-8177 東京都千代田区富士見 2-13-3
株式会社KADOKAWA
ルビー文庫編集部気付
「貫井ひつじ先生」係

食い尽くしたくなるな。
もふもふ黒豹男爵の慈愛花嫁
Hikaru Masaki
真崎ひかる
イラスト／明神 翼
最後の黒豹族の薬師と
彼に育てられた健気な純人、
初恋のもふもふ♥
薬師の咲夜は希少種「黒豹族」の最後の一人。
純人の幼子・春日を偶然託され、
無垢な彼を護ると決意する。
成長した春日は咲夜だけを慕い、穏やかに暮らす二人。
だが春日が高貴な生まれとわかり、
恐ろしい企みに巻き込まれ!?

ルビー文庫

獣人王の愛妻オメガ
かわい恋
イラスト／北沢きょう
愛している、
私の可愛い仔猫。
黒豹の顔を持つ獣人王×
花嫁Ω＋愛娘の、
溺愛子育てオメガバース！
獣人王・レドワルドに拾われ番として愛され、愛娘キティにも恵まれ
幸せな日々を送っていたサーシャ。友人・ハジの故郷にレドワルドとともに
外遊し、そこでオメガの差別がない世界を知るが…？